Williams Sassine

Céroe, no eres un cualquiera

Traducción de Fermín Guisado

Colección **Bárbaros**

Ilustración de cubierta: Luisa Vera
Diseño de cubierta e interior: Ediciones Barataria
Maquetación: Joan Edo

Título original: *Le Zéhéros n'est pas n'importe qui*

© 2004, Abibe Sassine
© de la edición española, 2004, Ediciones Barataria
Gran Via de les Corts Catalanes, 465
08015 Barcelona
e-mail: editorial@barataria-ediciones.com
www.barataria-ediciones.com

ISBN: 84-95764-24-5
Depósito legal: B-35081-2004

Impreso por Sagrafic
Plaza Urquinaona, 14
08010 Barcelona

A Bernard Nanga

La confianza es falta de imaginación.
Sobre todo en política...

Nota de los editores

El lector advertirá que ningún nombre propio aparece en mayúsculas en el libro. Se trata de una omisión voluntaria del autor que se ha respetado en esta edición.

D iallo,[1] ¿nos ves a todos?

    –Puedes llamarle cámara, como todo el mundo –oí cómo respondía el patrón.

–Para mí, las tías son *fatu gueye* y los hombres *diallo*.

–Se dice *fati gadas* –puntualizó una voz femenina.

Yo seguía con la cabeza inclinada sobre la pequeña polaroid. Reculé un paso más. No era fácil encuadrarlos a todos. Eran once, todos barrigudos y medio borrachos salvo la patrona, enternecedora en su hermoso vestido de seda azul que ceñía su grácil cuerpo de falso efebo. Era su cumpleaños.

–La verdad es que tu *diallo* nos está haciendo sudar –dijo michel, el nuevo amigo del patrón.

–Tienen razón, cámara. ¡Por dios, dale ya al botón!

El patrón también se llama michel. Le di al botón. Ellos se dispersaron en busca de su trago. En cuanto la foto salió, christine la cogió. Christine es la hermana mayor de la patrona. Había venido desde francia para el cumpleaños.

–Sacude la foto –dijo albert.

Albert era el más simpático. Por desgracia, era ciego.

–Déjame ver, christine –le pidió andré.

Hace diez años que andré está en el país. Los habitantes le parecen sucios y perezosos; el clima, insoportable. «El día menos pensado me largaré; ni siquiera he deshecho el equipaje», le gusta confiar con el aire del boxeador que desprecia al adversario. André tiene una lavandería.

–¡No puede ser! –exclamó christine partiéndose de risa.

Todos la rodearon.

–No se ve nada –dijo albertine.

Albertine es la mujer de albert. Parece que albert se casó con ella por el nombre. Albert es poeta. En realidad, está aquí para asesorar al ministro del clima. Albertine está en la dolorosa pendiente de la cuarentena. El año pasado fue a que le estirasen la piel en francia y volvió con los pechos bajo el mentón. A menudo me mira con una media sonrisa. Si me atreviese, tal vez podría llegar a algo con ella.

–Tu *diallo* es un auténtico gilipollas –exclamó léon.

Léon estaba cabreado, como de costumbre. Me acerqué a ellos. En la foto sólo aparecían andré y la botella de champán. Había decapitado a todos los demás.

–No me extraña nada –prosiguió–. Tuve un compañero maestro en guinea. Jamás conoció a un negro capaz de trazar una línea recta. Pero hay que ver cómo berrea contra nosotros el tal seku turé.[2]

Según mi patrón, léon había sido cazador de imágenes. Un día pensó que había capturado la imagen de su vida. Era la de un elefante herido transportado por sus hermanos. La imagen murió antes de llegar a su periódico. Empezaron a sospechar de él. ¿Por qué? El patrón nunca me lo ha dicho.

—Inténtalo otra vez, cámara —me pidió la patrona.

—Era la última, señora —dije alargándole la máquina.

—¿Qué hora es? —soltó georges.

Georges se había aflojado el cinturón. Parecía siempre dispuesto a desnudarse. Era el más serio de los amigos del patrón. Era un experto. Le pagaban por contar los elefantes que quedaban. A mí me caía bien. En cuanto tenía un rato, solía hablarme de mi país: «Es un país hermoso, lástima que ya no queden elefantes». Y yo replicaba: «Mi presidente es un elefante inmortal». Él no lo entendía. Entonces agregaba con malicia: «Le llaman sylli, que en mi país significa "elefante"».

—Bebe algo, cámara; en toda la noche no has hecho más que tragar dulces.

Era François. Tenía el tono y la ternura del veterinario que era.

—Anda a ver qué se trae entre manos tu compatriota, cámara —dijo el patrón.

—Y que vuelva para ponernos de beber —gritó léon.

Agaché la cabeza. François me miró con pesadumbre. El almuecín llamó a la primera oración. Entré en la cocina.

—Extranjero, los *tubabs*[3] se impacientan.

El «extranjero» era baldé. Le llamaban así desde que el Presidente Director General de nuestro país decidió en un célebre discurso que los peules[4] no eran guineanos.

—He terminado, jefe —me respondió sonriendo—. Puedes probarlo.

Estaba delicioso. Sonrió de nuevo.

—¿Cómo se llama tu pastel?

—Milhojas.

Me serví café y me lo tomé rápidamente. Después me reuní de nuevo con mis patronos para anunciarles la buena nueva. Bernard manoseaba un aparato de radio en el salón. Bernard era profesor. Se conocía que estaba borracho cuando pedía una radio. Su gran sueño era presenciar un golpe de estado, uno de verdad, con mucha sangre y silbidos de balas. Corría tras los países revueltos como perro tras el hueso. Pero era un cenizo. Cuando él llegaba se había restablecido el orden; tan pronto como se iba, sucedían las historias. Si yo hubiese sido jefe de estado, mantendría cerca a un cooperante como él, aunque fuese en la cárcel. Se contaba que la única gran catástrofe de su vida le ocurrió el día en que vio cómo le adelantaba uno de sus propios neumáticos mientras circulaba. Era la rueda repuesto. Dios le había dado una mujer que tenía un ataque de nervios cada vez que sonaba un portazo. Llevaban veintisiete años casados.

—Cámara, venga, sólo un trago —repitió françois.

—Es verdad, cámara —dijo la patrona—. Eres el único que no ha bebido a mi salud. Eso no está bien.

Acepté la copa de champán que me ofrecía. Nunca había bebido. Decían que te daba vueltas la cabeza. De niño, cuando tenía dolor de muelas, mi tía me metía una pulgarada de tabaco de mascar entre el carrillo y los dientes. Al cabo de unos instantes, todo daba vueltas, vueltas... Yo gritaba, vomitaba, y al día siguiente estaba tan enfermo que ni me acordaba del dolor de muelas. «El dolor, con dolor se ahuyenta», como me recomendó el patrón algún tiempo después.

—Cámara, te estamos esperando para brindar —dijo françois.

Baldé dejó la bandeja de los pasteles y me miró con cara de

reproche, como diciendo: «¡Cuidado!». Advertí la mirada incitadora de la patrona. Compláceme, cámara. No, no había nada sensual en ello. Sus ojos, radiantes, estaban a la vez como empañados de lágrimas. No obstante, era su cumpleaños. ¿Había llorado? ¿Por qué? Yo nací hacia...⁵ Si yo hubiera sabido la fecha exacta de mi nacimiento: el año, el mes, el día, la hora y todo eso, no me habría agotado intentando ser chico para todo sin porvenir de ninguna clase. Habría ido a un entendido a que me leyera el horóscopo. Tú serás esto o aquello. Y cualquiera que fuese el resultado, me habría quedado tan ancho. Lo que tenga que ser, será. Para nosotros, pobres africanos nacidos «gusanos», es decir, más o menos hacia el momento en que el último cocod̶r̶i̶ ̶̶̶̶̶̶̶̶̶̶̶̶̶̶a̶l̶d̶e̶a̶ aldea empezó a jugar con la cabra blanca del jefe, todo es posible. Es por eso que reímos casi siempre.

La patrona no dejaba de mirarme. Yo no veía más que su grácil cuello, sus finas manos, su vientre liso y su pecho menudo. Le devolví la mirada: de abajo arriba y de arriba abajo con –por una vez– pensamientos de deseo. Ella abrió la boca y yo alcé mi copa de champán.

En ese momento, bernard entró gritando:

–¡El PDG ha muerto! Ha muerto en estados unidos. France-inter acaba de anunciarlo.

Engullí de un trago mi champán y arrollé a todo el mundo para abalanzarme sobre la radio del salón. Ya estaban en la interminable guerra del líbano. Llamé a mi «extranjero».

–Baldé, el PDG ha muerto.

–¿Ves lo que pasa por beber esa cosa de los blancos? Estás beodo, hermano –me lo dijo con tanto aplomo, que empecé a dudar de lo que acababa de oír. Los jefes de estado de irak e irán juraban enviarse al infierno.

–Tengo la negra –se lamentaba bernard–. Pensar que el mes pasado me invitaron a ir a conakry y dije que no.

Me quedé inclinado sobre la radio. Hablaban de la subida del dólar.

–Nos apetece un poco de música –dijo a mi espalda albertine–. ¿Sería tan amable, cámara?

–¡No! –aullé para cubrir los ruidos que me molestaban.

El primer no de mi vida. Enmudecieron todos. France-inter confirmaba en el sumario: «seku turé ha fallecido en estados unidos».

–Tu *diallo* se ha pasado –dijo el canijo michel.

–A partir de ahora, tendríais que acostumbraros a llamarle por su nombre –respondió el patrón.

Salí al jardín entre el abatimiento y algo parecido a la alegría. El cielo empezaba a clarear. Recogí al pasar un vaso medio lleno y lo vacié de un trago. Mi cuerpo y mi espíritu tenían sed.

M e retiré con el propósito de volver a las nueve para abrir la oficina. El patrón se presentaba a las nueve y media en punto. Con él he aprendido una cosa importante que suele practicar la mayoría de los blancos: uno puede divertirse y trasnochar cuanto quiera, pero el trabajo es el trabajo. Acabábamos de pasar la noche en blanco, pero él sería puntual. La verdad es que no puedo imaginar qué podría obligarme a ser puntual si yo fuese patrón. Aunque hay un proverbio de mi país que dice que no conviene romper el cántaro del que se bebe. Y el cántaro de agua fresca del hombre es su trabajo.

El sol ya estaba muy alto. Me tropecé con barry.

–¿Sabes que seku ha muerto?

–Todo es posible –se limitó a responder, y se dispuso a abrir su pequeña lavandería.

–Pero ¿tú sabes de qué ha muerto? –insistí.

–¿De qué? –dijo él.

Sí, ¿de qué? De algo hay que morirse. ¿De qué podía haber muerto un hombre como el PDG? Hacía más de un cuarto de siglo que la mitad de los guineanos lo saludaban varias veces al día, rugiendo:

–¡Larga vida!

–Guinea sin PDG... –comencé.

–Todo es posible –me cortó zampándose una nuez de cola[6] tan grande como un mango. Luego me dio la espalda. Para él estaba todo dicho.

Volví a casa. Es una construcción de adobe rodeada de una valla de paja. Mi mujer de entonces seguía durmiendo, como de costumbre. Yo la quería por esa facultad de quedarse dormida sin importar dónde ni cuándo. Tenía la certeza de que, por mucho que durasen mis ocupaciones fuera de casa, volvería a encontrarla en la misma postura en que la había dejado. Antes de conocerla comerciaba con su culo. Pero ahora vamos bien, ¡gracias a dios! Mi único problema con ella es la comida. La prepara para toda la semana, y consiste sobre todo en una pasta: blanda al principio, putrefacta tres días más tarde, y que por último hay que romper a martillazos. En cuanto a la salsa, le queda tan pegajosa que hasta las moscas pasan de largo.

–Binta, el PDG ha muerto –le dije mientras la zarandeaba.

–¿Qué PDG? –preguntó.

Llamaban a la puerta. Era brahim.

–¿Te has enterado? –preludió.

De modo que era verdad. Verdaderamente verdadero. Tenía los ojos enrojecidos. Brahim es el jefe del taller en el que había colocado a mi hijo mori. Era mecánico-chapista-electricista. Pero se atrevía con cualquier parte del coche, aunque, por desgracia, nunca por mucho tiempo. El cliente sólo volvía para quejarse. Él era guineano como yo. Decía continuamente: «guinea está bien». Cuando alguien le preguntaba por qué no regresaba allí, se limitaba a afirmar que él no tenía nada que reprocharse y a continuación exclamaba: «Es una vergüenza andar hablando siempre mal del propio país. El PDG tiene razón cuando manda detener a todos los antiguineanos». No se podía discutir de cosas serias con brahim sin amordazarlo.

–¡Era todo un hombre! Sin él, guinea está perdida.

Consulté mi reloj. Las manecillas seguían su curso y, probablemente, también la tierra. Faltaba poco para las nueve. Y el trabajo es el trabajo.

–¿Nos vemos otra vez a mediodía? –le propuse.

–El mundo entero lo llorará –prosiguió–. No creo que pueda trabajar ni hoy ni mañana.

–Si cierras el taller, mándame a mori al despacho.

Nos despedimos. Con un gran gesto de desesperación, arrojó al patio su cigarrillo a medio consumir. Mi viejo pato, siempre al acecho de lo que caía, se abalanzó sobre él y se lo tragó. Cuando salí tenía lágrimas en los ojos y humeaba como una chimenea. Lo compré cuando era un patito. Me lo habría comido hacía mucho tiempo pero un morabito me dijo que me traería suerte si lo conservaba. ¿De qué se alimentaba? ¡Misterio! Como decimos en mi país, el buen dios nunca deja vacía una boca que ha creado. En la biblia sale algo parecido cuando jesús declara: «¿Acaso sois vosotros quienes dais de comer a los pajaritos que no hacen más que volar, o es el buen dios?». Soy musulmán, pero tengo que reconocer que se le daba bien a jesús eso de contar historias maravillosas, como antaño se hacía en nuestras aldeas. Fue el patrón quien me lo reveló. Algunas veces me habla de dios, aunque nunca va a la iglesia. Claro que, como también decimos en mi país, no hace falta tumbarse de espaldas para ver el cielo.

Andaba con la cabeza vacía, o mejor dicho, llena de cualquier cosa: las lágrimas de mi viejo pato, las cosas de brahim, la gran nuez de cola que hacía ¡croac! ¡croac!, el calor del día que avanzaba, la muerte del PDG que se difundía, los gritos de los transeúntes o la indiferencia de binta. Me crucé con alpha.

–¡Cámara! ¡El tirano se ha ido al otro barrio!

Llevaba un pequeño transistor que pasaba revista a la biografía del PDG. Suele ser mala señal para un presidente que se recuerde su biografía. Alpha siempre había prometido emborracharse el día que muriese el PDG. Al parecer, andaba ya en ello. Cuando se inclinaba un poco hacia un lado, se pasaba el aparato al otro lado para restablecer el equilibrio. Se parecía a mi pato, nadie sabía de qué vivía. Decía que no pensaba trabajar sino en guinea, y la guinea de la que hablaba era una guinea sin PDG ni pedegé. Era un nacionalista a su manera.

–Pero el pedegé permanece –dije.

–No has entendido nada, cámara. El partido era cosa del PDG. Tenemos que celebrarlo. ¿Está mi hermana binta levantada?

Le tendí un brazo. Se agarró a él. Un coche asomó desbocado por la esquina y le rozó las nalgas.

–¡Cabrón! –aulló–. Ahora nosotros también tenemos un país.

–Tengo que ir a abrir la oficina, alpha. Yo...

–Manda a la mierda a tus blancos de una vez –me cortó–. No todos los días se libera un país. Desde hoy, a quien te pisotee le rompes las narices.

Me quité con dificultad sus brazos del cuello. La gente se aglomeraba a nuestro alrededor esperando una buena trifulca. La verdad es que parecía estar insultándome dispuesto a estrangularme.

Me salvé gracias a un policía que pasaba. Se encaró con él.

–Tú, neomiliciano, ¿es que no sabes saludar a un hombre libre?

Antes de desaparecer arrastrado por el suboficial aún le quedó tiempo para hacerme una promesa.

–Hasta esta noche en tu casa, para la fiesta. Celebraremos hasta caer muertos la desaparición del canalla.

La muerte de un hombre nunca debería alegrar a otro hombre. Lo que acababa de ver y oír empezaba a inspirarme simpatía hacia seku. No me gustó mientras vivía porque mataba a la gente, y para mí alguien que mata a un hijo de mujer es que no ha sido nunca hijo de mujer. Hay algo monstruoso en el hecho de arrebatar una vida hecha para enamorarse.

Adiós, PDG. Que dios acoja tu alma. Ya nunca serás presidente de la OUA, ni presidente de los países no alineados. Mientras la patrona festejaba su cumpleaños, tú la diñabas. Tú, que te alegrabas cuando ahorcaban a tus adversarios. ¡A todos les llega su hora! ¡Adiós, PDG!

De camino, decidí pedir prestada una radio al «doctor relojes».

El «doctor» saliou no era guineano, pero su gran sueño consistía en montar allá «una clínica». Siempre se le veía estudiando algo, y cuando hablaba del asunto, te dabas cuenta de que el mundo entero estaba por ajustar.

–El PDG ha muerto –le anuncié.

–El PDG tendría que haber muerto hace mucho tiempo –me respondió.

–Si tuvieras una radio...

Se levantó y fue a rebuscar en una inmensa morgue de relojes que ocupaba las nueve décimas partes del taller.

—El mundo está lleno de cosas que no andan —refunfuñó mientras me entregaba una caja—. Para ponerla en marcha le das dos golpes por detrás, y para cambiar las emisoras la inclinas con mucha suavidad.

En cuanto abrí la oficina vi al patrón. Sonaba el teléfono. Lo cogí. Era jacques. Me preguntó si me había enterado y qué había que hacer. Él sí que sabía lo que quería. Era el campeón de los telegramas. Por cualquier tontería enviaba un mensaje al pedegé. Desgraciadamente, se creía obligado a firmar en nombre de todos los guineanos, aun cuando no tenía trato con nadie. Vendía sellos en correos, pero allí no era guineano. Ya nadie te contrata si no eres del país y aun así tienes que conseguir la tarjeta en la inspección de trabajo. La mía me costó tres meses de salario. La organización para la unidad africana sólo les sirve a nuestros guías.

–¿Estás de acuerdo en enviar nuestro pésame o no? –insistió–. Si no...

–Acabaré cortando ese teléfono –gruñó el patrón.

Colgué. Que le den por culo a él y a su pésame. A mí, si pierdo mi sustento, nadie me dará el pésame.

La fatiga del cumpleaños de la patrona se notaba en la mirada del patrón. Habría necesitado una palanca para levantar los párpados. Acodado sobre la mesa, se sujetaba la dolorida cabeza con ambas manos. Volvió a sonar el teléfono.

–Si es para ti, cámara, di que no estás.

Descolgué. Era para él. Limpié el polvo de la máquina de escribir soplando sobre ella como un condenado. Era mi primer quehacer de cada mañana. Luego salí a recargar los pulmones. Gnamankoroba me hacía señas desde el otro lado de la calle. A pesar de su nombre, gnamankoroba era muy bajito. Con todo, era el chaval más valiente que he conocido. Como escribiente público tenía su mesita en la esquina de correos. Prácticamente sólo trabajaba en las lenguas que no comprendía. ¡Para que luego digan! Cierto día fui testigo de cómo tomaba al dictado la carta de un cliente que le hablaba en una lengua desconocida. Siempre que lo veía me sorprendía comprobar que aún llevaba la nariz y los dientes en su sitio. «En estos tiempos, el que escribe tiene que asumir algunos riesgos», solía decir.

Cruzó rápidamente la calle con sus andares de cangrejo.

–Te estaba buscando, majo.

Llamaba «majo» a todo el mundo. Había prometido a su única hermana en matrimonio a todos los guineanos. Decía que era una belleza, pero los que la conocieron sostenían que podía dar espanto a un monstruo y que tenía la boca más podrida que una leprosa.

El patrón salió.

–Cámara, si preguntan por mí, vuelvo dentro de diez minutos.

–Échame una mano, gnamankoroba. Vamos a empujar al patrón.

En cuanto arrancó el coche, es decir, tras diez minutos empujando de adelante atrás y de atrás adelante, el majo me soltó:

–¿Sabes? El PDG ha hecho bien en morirse. Porque estaba a

punto de volver al país, y si me hubiese rozado, aun con la mirada, lo habría lamentado toda su vida.

Me sabía de memoria ese discurso, como todos los guineanos. La gran epopeya de su vida, según él, se produjo el día de su encuentro con el PDG, cuando le dijo: «Si no dejas de matar gente, no vuelvo».

—A los tipos así, siempre es preciso demostrarles que los hay más fuertes que ellos —prosiguió.

No pude evitar medirlo una vez más con la vista. Metro diez y treinta o cuarenta kilos como mucho.

—No ha habido suerte, gnamankoroba.

—La muerte no es justa, majo. Yo no le habría matado. Un gancho de izquierda, otro de derecha, lo justo para que aprenda a dejar en paz a los vivos. ¿Sabes que yo le escribía, majo?

Todos sabíamos que era el especialista local en cartas anónimas. Lo tenían todas las comunidades guineanas en el extranjero. Como era más tonto que malo, y probablemente lo hacía por deformación profesional, no le guardábamos rencor. Hasta el día que una de sus cartas fue leída en la radio del PDG como «prueba de la militancia exigente de un camarada vigilante oculto en el seno de las fuerzas del mal de los apátridas».

Camarada, majo, responsable supremo, me apresuro a escribirte para que sepas que guinea está en peligro. Ayer se reunieron unos conspiradores cerca de mi casa. Tras estrangular a los tres dóberman cómplices de su bestial reunión, pude aproximarme a una ventana insonorizada, pero como alá está contigo, escuché lo esencial. Los hijos de satán decían:

21

«Apartado A: dejad que aplaudan al PDG, pues así no quedarán pájaros y el pueblo se sublevará.

Apartado B: si los pájaros se niegan a marcharse, tendremos que aprender a fabricar tirachinas para ahuyentarlos».

Camarada, desde la oficina de correos sigo vigilando por el bien de usted y la felicidad del pueblo. Pero tenga cuidado con los pajaritos y los tirachinas.

Fue poco después cuando el PDG declaró: «En esta sala, hay muchos que me aplauden porque no me quieren».

—¿A que no te lo imaginabas? —dijo tocándome el codo.

—Es normal, gnamankoroba. Tú eres escritor.

Cuando alguien le llamaba «escritor», no cabía en su camisa. Como si escribir fuese hablar. El PDG sabía hablar y eso sí que cuenta. ¿No dicen que hasta dios hizo el mundo con la boca?

—¿Tienes una radio, majo? Hay que enterarse bien.

Fui a buscar el aparato de saliú. Alguien cantaba:

Cada cual con su problema
Buenos días buenos días querida
Responde deprisa deprisa
Que pronto llega el crepúsculo
Hoy soy muy grande
Pero mañana ni me verás
De tan diminuto como seré

Buenos días buenos días querida
Responde deprisa deprisa
El cordero que degüellas por tu gusto

Puede sobrevivirte con su última mirada
El mundo está en su penúltima vuelta
Pronto todos los comisarios estarán estreñidos
Es tan grato ver a un comisario estreñido
Se sienta y no toma a nadie preso

Buenos días buenos días querida
Responde deprisa deprisa
En mis sueños eres un cuadro
En tus manos me vuelvo el más guapo
Yo voy de artista
Y tú estás triste
Nos dicen que el paraíso está al otro lado
Que la tierra estaría sólo aquí
Sin embargo contigo hay dicha en todas partes

Gnamankoroba se puso a bailar, si a eso se le puede llamar bailar. Con el brazo izquierdo levantado, estrechaba contra su pecho a una pareja imaginaria –quiero decir aún más bajita que él– haciendo itsutt, tsutt! mientras agitaba sus cortas piernas, que no podía ver a causa de su vientre de embarazada. Pero había una cierta gracia en sus movimientos de enano rechoncho, que armonizaba con aquella música en toda su languidez.

Había la misma armonía en los gruesos dedos amorcillados de mi primera mujer y su incansable aguja, cuando ambas se decidían a remendar algún agujero de mis pantalones.

Los transeúntes nos miraban. Apagué la radio y él siguió bailando solo. Me vi obligado a desconectarlo también llevándomelo hacia el despacho.

23

–¿Qué pasa, majo?

–No es el lugar ni el momento para exhibiciones, gnamankoroba. Yo no soy más que un pobre diablo. Si el patrón llega a sorprendernos...

–¿Por qué te lo tomas así, majo? –se quejó–. Una vez el PDG dijo que le había pedido a dios la muerte si alguna vez engañaba a los guineanos. ¿Y tú no quieres que lo celebre?

Se abrió la camisa y sopló dentro. ¡Cielo santo, qué peste! ¡Un centenar de cabrones viejos olerían mejor! Entendí por fin por qué nunca había visto marcas de bofetadas en su rostro, y por qué se jactaba de que el PDG nunca le habría tocado. Habría necesitado narices de acero. El hombrecillo hacía honor a su nombre. Gnamankoroba significa en nuestra lengua «gran montón de basura». Algunos de mis compatriotas le llamaban además *boo*, o sea, mierda.

–Gnamankoroba, tenemos que despedirnos.

Se abrochó de nuevo. Me compadecí de los microbios que allí vivían.

–Yo también tengo trabajo. Un cliente en haussa, otro en djerma, dos en sarakolé y uno más en linguala.⁷ Me los quito de encima y nos vemos esta noche en tu casa.

Se marchó. El cielo no estaba ni más radiante ni más triste que de costumbre. Sin embargo, el hombre que había llevado las lluvias y el buen tiempo a un país durante veintiséis años acababa de morir.

«Cámara, confórmate con lo que tienes», me dije volviendo a mi puesto de chico para todo del patrón.

El patrón volvió. Se le veía un poco más en forma. Afeitado y peinado, levantaba el párpado derecho casi sin esfuerzo.

–¿Qué te pasa? ¿Por qué me miras así?

–Tiene algo en el ojo izquierdo.

–¡Bah! No tiene importancia. Más que nada, estoy cansado. He tomado café, pero parecía agua de fregar. Toma, acércate a comprarme algo de beber... El dolor, con dolor se cura.

Tomé el dinero que me ofrecía. La tienda de enfrente estaba abierta y el tendero bostezaba.

–Whisky y cerveza, soulémane.

El otro nombre de soulémane es «el palestino», porque se parece mucho a yasser arafat. Aunque él batallaba sobre todo contra sus uñas. Sus armas eran una navajita y unos incisivos de conejo.

–Una caja y una botella –precisé.

–¿Os lo bebisteis todo ayer? –comenzó.

–Era para el cumpleaños de la patrona. Date prisa, soulémane.

Temí que empezase con sus sermones contra los alcohólicos.

–Cámara, no deberías trabajar con los blancos. Tú eres hijo de musulmán. Acabarán enseñándote a beber.

Ya empezaba. Había que pararlo.

–El PDG ha muerto.

–Lo sé –respondió.

Había olvidado que él «lo sabía todo».

–¿Cuándo? –prosiguió.

–Ya deberías saberlo.

–Lo sé.

Así no íbamos a ninguna parte.

–Soulémane, el patrón tiene prisa. Me sirves o me voy a...

–Espera un momento, hermano.

Se activaba por la uña del pulgar izquierdo. Una dentellada, y sacó la caja de cervezas. Otra dentellada, y le tocó el turno a la botella.

–Vuestro presidente era un buen tipo. Quería a los árabes, no bebía, no le gustaban los blancos e iba mucho a la meca. Ha dejado su país muy limpio y a su pueblo blanquísimo.

–Es verdad que ha convertido a los guineanos en espulgabueyes –le interrumpí–. Dame el cambio.

Cogió la calculadora, luego rehízo las operaciones en un cartón, dejó la pluma y repitió los cálculos con la punta de los dedos. Al parecer los tres resultados coincidían.

–Nunca se sabe –dijo devolviéndome el cambio.

Era la primera vez que reconocía sus limitaciones.

El patrón estaba al teléfono. Dejé el encargo al pie de su escritorio y el cambio encima, luego me senté tras la máquina de escribir. No tenía nada que hacer. En tales casos, hay que mostrarse muy ocupado. A uno le pagan por trabajar. Hurgué en mi cajón y saqué una vieja lista de deudores insolventes. Los había de dos clases: los

que habían desaparecido sin dirección y los que habían desaparecido con cien direcciones. Era la época en que el patrón estaba recién
desembarcado en áfrica. Como todos sus semejantes, creía que éramos niños grandes, aterrados por la noche, y que adorábamos al sol.
Montó una empresa de material eléctrico. Venía con intención de
alumbrarnos, y nos alumbramos a su costa. Ahora se ha vuelto más
modesto, y hasta empieza a ver con ojos críticos a los profesionales
de la ayuda que han inventado los PMA,[8] que él traduce por «países
con mentalidad de asistidos». Nuestra compañía es una pequeña
sociedad de *import-export*. Se cobra por adelantado. Su mujer también ha perdido las ilusiones. Se ve que al principio decía: «Cuando
hayamos enseñado nuestra lengua a todos los negros, cambiarán».
Empezó a enseñar, pero tuvo que renunciar. No tenía el mismo sentido del ruido que nuestros niños.

–¿Abres la caja, cámara?

Le serví una cerveza. Al destaparla hizo un ruido sordo y derra-
mó mucha espuma, que me inundó los dedos. Él la agarró y se la
ventiló en un segundo.

–Otra.

Despachó la segunda lata con la misma rapidez. Su párpado
izquierdo empezaba a elevarse al mismo nivel que el derecho.

–¿No tienes ganas de rehacer tu vida, cámara?

Le ofrecí otra lata. Se bebió la mitad y suspiró aliviado.

–Nuestro presi ha muerto.

–¿Es que vosotros los negros nunca respondéis directamente a
una pregunta?

Se llevó de nuevo la lata a los labios.

–¡Ah..., qué bien sienta!

Nunca le había visto en semejante estado. Entró un mendigo en la oficina. El patrón le indicó que se acercase y fue la primera vez que le vi dar limosna.

–¿Te has fijado, cámara? –dijo tan pronto como salió el pobre–. Ya no le queda nada que perder. ¿Comprendes lo que eso significa? Es el mejor nivel para volver a empezar de cero. Sírvete.

Mala suerte. El patrón se había librado de la resaca. El mal, con el mal se cura. Mi primer champán seguía formando burbujas en mi cráneo, con accesos casi invencibles de somnolencia.

–No tengas miedo, cámara. La cerveza no es alcohol.

Ese último argumento acabó con mis escrúpulos. Abrí dos latas más. Que dios me perdone. El «palestino» amenazaba con el infierno a los gaboneses, los zaireños, los rusos, los americanos, los liberianos, los polacos, los cristianos, los judíos y los chinos. Aseguraba que «los tres cuartos restantes tampoco merecen mejor suerte». Dos veces tres cuartos eran mucho, hasta para dios. Sólo el PDG lo habría entendido gracias a su teoría de la «matemática social», cuando decidió que tres cuartos y tres cuartos suman seis octavos, o sea, tres cuartos.

–¿En qué piensas, cámara?

Me estremecí.

–Palabra que una cervecita puede contigo –se burló.

–Patrón, a mí nadie ha conseguido derribarme nunca, ni sujetándome los pies. Conque una cerveza... Ahora verá –añadí con aire desafiante.

Abrí otras dos latas. Me sonrió. Sus ojos estaban ahora bien colocados en las cavidades.

–No has entendido nada de la vida, cámara. El hombre debe

caer cuando le toca. El balón sólo rebota cuando cae. ¿Me comprendes?

—Por supuesto, patrón. Aprobé la escuela elemental. Que es como si hoy hubiese aprobado el bachillerato. Yo no soy como mi hijo mori, que ni siquiera se ha sacado el graduado. Siempre el último de la clase; siempre cateado. No hay forma de conseguir que rebote.

—A lo mejor tu hijo es un balón desinflado —dijo, aplastando su lata entre los dedos.

¡Toma!, no se me había ocurrido. Me daba la risa. Mori, mi mori tan redondito él, con sus dieciocho años y ya un balón desinflado.

—Cámara, hay que estar inflado para admitir la caída —prosiguió—. En realidad, los que nunca caen, o están desinflados o son unos tramposos. Algo así como vuestros reyezuelos presidentes. No puede tener razón el que nunca se equivoca.

No entendía nada. Tantas cervezas me daban a la vez ganas de hablar y de escucharle.

—El PDG no era como esa gente. Él no paraba de crecer. Incluso le habían ofrecido la presidencia de la OUA, y contaban con él para dirigir a los países no alineados. Él...

—Él ha matado —me atajó—. Era un balón bien hinchado que había cambiado de bando en estos últimos años porque no quería caer, cámara. Se parecía un poco a ti. Sabía agarrarse hasta cuando le tiraban de los pies. Para él, como para ti, siempre es otro el que hace trampa. Y entonces hay que eliminar al tramposo. Pero una vida arrebatada no asciende. Se te queda pegada a los pies y no puedes librarte de ella en toda la vida, como una cadena perpetua, exigiendo a cada paso otra vida arrebatada que te ayude a tener consistencia.

Era bonito, pero no acababa de entenderlo. Dejé que desarrollase su idea mientras yo descapsulaba otras dos latas. Empezaba a sentirme realmente bien. Ya no me daba vueltas la cabeza. La tenía tan despejada que descubría complacido el mundo entero reconciliado e inmóvil por un instante por encima de todas las vidas.

—Te lo he preguntado hace rato, cámara: ¿serías capaz de rehacer tu vida desde cero?

Le ofrecí su lata con indiferencia.

—No hago otra cosa desde que nací, patrón —empecé—. De muy pequeño murieron mis padres. A los diez años, tuve que dejar la aldea y el campo por culpa de la sequía. Me fui a vivir con una tía que me metió en la escuela. A los veinte, me faltaba el último examen para sacar el título en maestro. El bedel me acusó de robar libros y pasé tres meses en la cárcel. Cuando salí, me puse a vender cigarrillos y cerillas a diestro y siniestro mientras trataba de prepararme para pasar la primera parte del bachillerato. Pero lo único que pasé fue el vado que me permitió atravesar un río para huir de los milicianos del PDG. A los ojos de la ley me había convertido en un enemigo-socavador-de-la-economía. No entendí cómo se armó tal revuelo por unos paquetes de cigarrillos. En costa de marfil reanudé mi pequeño negocio ambulante de aldea en aldea, con la fe del huérfano. A los veintiséis, tenía una mujer y dos taxis y hasta me había comprado un terreno. Era feliz, patrón. En aquel tiempo me decía a mí mismo: «Cámara, tú has nacido en guinea pero en realidad estás hecho para costa de marfil». Por la mañana, ordenaba lo que hacía falta, y a mediodía siempre me esperaba mi esposa, conque acabé por creer que no estaba solo. Todo el mundo me llamaba «hermano». Fue en esa época cuando el PDG empezó a prometer el paraíso a quien asesinara a senghor o a houphouët.[9] Mi mujer me denunció como espía del PDG. Quería vengarse. Una vecina acababa de dar a luz a mori, mi hijo. Las autoridades me lo confiscaron todo... Patrón, no puedo contárselo todo. He conocido otros ceros a la izquierda, y yo ahora también lo soy. Mi destino está escrito. Tengo un hermano mayor. Él vive en alemania y ahora es alguien. Hasta se ha casado con una blanca.

Conforme hablaba, las palabras iban abriendo un claro a mi alrededor y me veía en medio de una vida que se dilataba, inmenso cero ribeteado de sueños prohibidos. Tal vez fuese a causa de la cerveza.

–... Pero ¡Alá es grande! –concluí.

–Hay miles de millones de individuos, cámara. La mayor grandeza de dios es lograr que cada uno de ellos piense «yo soy alguien». Vuestro PDG pudo dominaros porque comprendió que él no era un cualquiera, cuando logró convenceros de que un pueblo no es una diferencia sino una suma. Lo cierto es que la suma es una operación más fácil que la resta. Se imponen casi siempre por lo más fácil. Pero tú, cámara, no eres un cualquiera. Ayer ligaste. Hace un momento he visto a albertine. Me ha dicho que estaría encantada de que fueras a una recepción que organiza mañana en su casa.

Me tuve que sentar. La bragueta de mis pantalones empezó a agitarse como si tuviese allí encerrado un gato hambriento.

El teléfono sonó otra vez. Era la señora. Me preguntó si el patrón estaba allí, y agregó que fuese a verla discretamente por la tarde.

–¿Quién era, cámara?

–Nada importante –dije dándome aires de importancia.

Si me invitaba albertine, una blanca, y me necesitaba la patrona, realmente yo no era un cualquiera.

No pasé por casa a mediodía. ¿Qué iba a comer? En ese momento no me apetecía la argamasa de cemento armado de binta. La verdad es que no me tenía de pie y temí que los chavales me apedrearan. Mori vino a verme.

–Padre, ibrahim ha cerrado el taller esta mañana. Se ve que ha muerto el presidente. Dame algo, es para comer.

Hurgué en mis bolsillos. Nada.

–¿No te da vergüenza pensar en comer cuando seku ha fallecido? –le dije–. Eres un cero a la izquierda, hijo mío. Pero bueno, si te empeñas en papear, habla con binta. Y no me esperéis.

A duras penas podía despegar la lengua. Cerré los ojos. Cuando los abrí de nuevo, el chaval había desaparecido. Si estaba enfadado, peor para él. Yo soy el padre, no él. Para hacer tiempo hasta la hora de las noticias, apoyé la cabeza en la máquina de escribir.

Fue el patrón quien me despertó. Eran las cuatro de la tarde. Había soñado que lloraba porque el «palestino» me señalaba con el dedo, porque seku se había marchado a otras tierras, porque mi tía decía que yo no era más que un gran cero a la izquierda y porque mi hijo se moría de hambre.

–¿Ha llamado alguien? –preguntó.

–No, patrón.

Abrí penosamente los ojos. Una brigada de picapedreros trabajaba en mi cabeza. Y él parecía cada vez más fresco. ¿Cómo lo conseguía? Se había llevado la botella de whisky.

–Patrón, tengo que ir a un recado.

–Vale, pero no te entretengas mucho rato.

Me fui a su casa. ¿Qué querría de mí la patrona? No tenía muy despejada la cabeza, pero presentía que sería un día importante para mí. Cuando llegué, el perro, un gran dóberman, agitó la cola. Habitualmente avisaba antes y el portero lo ataba. Pero aquél no era un día como los demás y yo ya no era un cualquiera. De lo contrario, me habría devorado en vez de lamerme los pies. Las vi en cuanto abrí las puertas del salón. La patrona me daba la espalda. La reconocí por su cabeza de muchacho. Y albertine. Estaban jugando a las cartas.

–Vaya, aquí está nuestro héroe –dijo albertine.

Enrico macías cantaba.

La francia de mi infancia
No estaba en tierras de francia
Perdida al sol por la parte de argel
Ésa fue la francia que me vio nacer.

La patrona se levantó a parar la música.

–Siéntate, cámara –dijo albertine.

–¿Puedo ir al lavabo? –pregunté.

Cuarenta y ocho horas antes, no me habría atrevido a preguntarles ni la dirección del supermercado.

–¿Le enseñas el camino, albertine?

–Ven, mozarrón.

La seguí. Cuando abrió la puerta, me quedé deslumbrado. Una bañera como una cama, y frascos de todos los tamaños y de todos los colores.

Si yo tuviera algo así, no trabajaría, dormiría dentro. Me lavé la cabeza con champú al huevo, luego al limón, al aceite de almendras, al aceite de coco, al aceite de hígado de bacalao, al ajax y con dos o tres mejunjes más. Me puse crema para piel normal, para piel grasa y para piel seca. Había agua para desmaquillar, agua de colonia, agua oxigenada. Perfume para hombre, para mujer. Lo revolví todo y me froté el pecho. Me miré al espejo. Estaba despierto, pero no me reconocí. No me vi más guapo ni más feo que antes. Me sentí renovado, y eso me infló como el célebre «balón» del patrón. A continuación, me cepillé los dientes con dentífricos rojos, verdes y blancos. Abrí la boca. Mis dientes no habían cambiado, pero cualquiera habría dicho que tenía el doble. Salí del lavabo. Aún compadezco a las primeras moscas que osaron acercarse a mí. Cayeron como hojas muertas antes de tocarme. En cuanto entré en el salón, me dirigí hacia enrico macías, que no paraba de cantar.

Cuán bella es la mujer
Aunque yo soy fiel
A una del norte del midi
Desconocida ayer y aquí.

–¡Ja, ja, ja, ja! ¡Cuán bella es la mujer! –rematé.

–Si no os importa lo apago un rato –dije pulsando un botón.

–¡Ése no era el botón, cámara! –dijo la patrona en tono de cabreo.

—Más vale apretar esto que un divieso —le respondí.

Albertine se echó a reír.

—Además, huele bien —dijo.

La patrona se pinzaba la nariz.

—¿Le has indicado bien la puerta, albertine?

—Enrico macías es un cero a la izquierda comparado conmigo —les declaré sin darle tiempo a responder.

Y me puse a imitarle.

¡Huua! ¡Huua! ¡Huua!
¡Todo es hermoso en Huua!
Es la música de los sapos
Es la canción de los cuervos.

—¿No es precioso? —solté.

Albertine se reía como una loca.

—Nuestro amigo tiene muchas cualidades —dijo.

—Albertine, por favor, pon otra vez a macías.

Y el querido macías prosiguió con su voz nostálgica:

La francia de mi infancia
No estaba en tierras de francia
Perdida al sol por la parte de argel

Me levanté y le di otra vez al botón equivocado. El pobre enrico volvió a gemir como si lo estuviesen estrangulando.

Se quedaron heladas. Albertine parecía vacilar entre la admiración y el asombro; en cuanto a la señora, parecía más bien asustada. Apoyé una nalga junto al aparato y hablé de lo primero que me pasó por la cabeza.

–Me gusta mucho vuestro enrico cuando canta lo del mendigo de amor, porque mendigar es como un intento de encontrar al otro; uno tiende la mano no para recibir, sino para intentar que el otro se abra. ¿Lo entendéis? Miradme a mí. Cámara, ven para acá; cámara, ve para allá. Y encima, contento porque no me llaman *diallo*. Hay más de cuatro mil millones de individuos, pero cámara no hay más que uno. Habría podido tener un destino extraordinario en mi país, pero no me llevaba bien con el PDG porque le gustaban todas las mujeres, como a enrico, y se acordaba de francia como macías se acuerda de argelia.

Me senté frente a ellas en una postura favorecedora. Seguían sin decir nada, y a mí me picaba la cabeza. Seguramente era la mezcla de porquerías que me había puesto en el pelo. O quizá la media caja de cervezas que me había soplado por la mañana estaba tratando de escapar.

–Albertine, ¿quieres dejarnos un rato?

Ésta saludó a su amiga y me guiñó el ojo con picardía.

–¿Hasta mañana, cámara?

Le sonreí como un conquistador. En cuanto salió, le pedí de beber a la patrona.

–No te he llamado porque sí, cámara –comenzó–. Estoy en un momento crucial de mi vida. Probablemente tú también, por la muerte de tu presidente. Pero cuesta mucho volver a empezar de cero.

–Eso es verdad. A mí, mis padres no me dejaron ninguna herencia.

–No te hagas el idiota, cámara. No hablaba de cosas materiales. Me pregunto si puedo confiar en ti. Tú no eres un cualquiera.

Me lo ha dicho albertine. Ella tiene mala reputación, pero cuando opina sobre un hombre, nunca se equivoca. Mi marido también tiene buena opinión de ti. Oye, ¿no me habías pedido de beber?

Se levantó. Yo aproveché para rascarme la cabeza hasta arrancarme un mechón de pelos de la nuca. Por lo visto, terribles termitas se habían instalado bajo la piel de mi cabeza.

Volvió con un culo de botella de whisky.

—Espero que no le importe, patrona.

—Estás disculpado, cámara. Es michel quien te ha arrastrado. ¿Reconoces la botella? Es la que le has comprado este mediodía en la tienda de vuestro palestino.

—No eran más de las once, o las diez... —precisó.

—Mal le defiendes, amigo mío —dijo mientras me servía.

La palabra «amigo» me hizo olvidar el ejército de termitas que tenía en el pelo. Creo que incluso llegué a mirarla con la indiferencia de un seductor.

—Habrá que ir pensando en cuestionárselo todo —prosiguió con aire ensimismado.

—¿Cómo dice?

Lo repitió. Cuestionárselo todo. No conocía esa expresión. En cualquier caso, parecía importante. Llegó el portero. La patrona se levantó y fue a su encuentro. Yo lo aproveché para frotarme las mejillas porque me notaba la piel cada vez más tirante.

—A ello —dijo sentándose de nuevo—. Michel y yo ya no nos entendemos. Yo he nacido en argelia, en fin, que soy, por así decirlo, una «pies negros».

Bajé los ojos. Ella me sostuvo la mirada. Los volví a levantar porque tenía la impresión de que una asquerosa mano tiraba hacia atrás de toda la piel de mi cara. Debía de parecer un mongol. He visto algunos en las películas.

–¿Me escuchas, cámara?

Me serví otra vez. Podía hablar.

–Michel cree que ya no le quiero. En cuanto llega por la noche, se acuesta. Y tú qué, ¿no has notado nada?

–¿Yo? Me ha parecido que le gustaría mucho tener un hijo. Pero usted siempre está con la hemorragia.

–¡Será cerdo! ¿Eso te ha dicho? Me las pagará.

Peor para el patrón. No debió enseñarme a beber. Y además, ¿qué es eso de que una mujer se atreva a amenazar a su marido? Con hemorragia o sin ella, si binta me hablara así le haría una verdadera hemorragia general. Un día, el patrón me confió: «El hombre da la muerte y la mujer, la vida». ¿Y eso qué? ¿A quién le ha dado dios un bastón? Estoy seguro de que hacía mucho tiempo que la patrona no conseguía que al patrón se le empalmase.

–¿No te ha contado nada más?

Había más, claro. A menudo me pedía que le buscase una chica limpia. Pero esas cosas no se confiesan.

–¿Puedo ir otra vez al lavabo?

Quería lavarme la cabeza. Si no, ya me veía calvo y desfigurado. Cuando volví, enrico macías había recuperado su lugar. No hice el menor caso de su presencia. Noté en el ambiente una cualidad peculiar, muy intimista. Los postigos estaban ajustados, flotaba un suave perfume, la señora sonreía con los ojos entornados y en el cenicero humeaba un cigarrillo. Nada más verme, se llevó mi vaso a los labios y yo tomé su cigarrillo. Macías cantaba.

Soy un niño que canta
Soy un soldado que llora

—Como te estaba diciendo, cámara, michel, desde hace algún tiempo...

Tiré de ella. Se levantó con agilidad y me arrebató el cigarrillo con un ademán familiar antes de aplastarlo con el tacón. La miré. Bajó los ojos. Macías repetía:

Cuán bella es la mujer

—Parece un muchacho, patrona. ¿Dónde guarda lo que hace verdadera a una mujer?

Se apartó para acercarse al aparato.

—¿Te gusta aragon? —me preguntó.

Pensé en aragon, el cubano que toca cha-cha-chá, y respondí que era formidable. Ella se inclinó y sacó un disco.

—A michel también le gusta mucho, cámara. ¿Conoces esta parte?

Dame tus manos
Por piedad
Dame tus manos
Que tanto he soñado
En mi soledad
Y estaré salvado

La tenía ante mí, trémula, vacilante, menuda y muy erguida, como una hoja a punto de caer. No hablábamos del mismo aragon, ¡pero era tan hermoso! Y la prueba de ello es que yo no entendía nada. Me dije: «cámara, tal vez pienses que no eres un cualquiera, pero no te pases de la raya; ándate con cuidado, cámara, te juegas el puesto». Me levanté. Creyó que iba hacia ella.

–Se me hace tarde. Como el patrón se entere de que he estado aquí, de que me he aprovechado...

–Ya sabes el camino –me cortó.

Me fui con la delantera de los pantalones abultando tanto como el trasero. Más tarde, le conté la escena a un superviviente de camp boiro. Se le hacía la boca agua. Luego se la conté a un ex miliciano del pedegé. Su nuez subía y bajaba con sobresaltos lastimeros, como un viejo ascensor.

–Supongo que se los pondrías bien puestos a tu patrón –dijeron.

–No, no lo hice. Lo que pasa es que vosotros os habéis pensado que el exilio es duro y, en cambio, allí abajo hay un montón de mujeres de patrones que se sienten exiliadas.

Y exageraba:

–Desde la puerta, al contraluz, vi que no llevaba nada debajo, y luego se abrió la ropa. Te juro que por un instante hasta separó los muslos y entornó los ojos suplicándome: «¡cámara!, ¡ven, cámara!».

Ya no me cortaba. Sólo por ver coincidir a una víctima y a un verdugo. Los dos me dijeron que era gilipollas.

El patrón estaba borracho. Dormía. Me pregunté si convenía despertarlo o no. De todos modos, no había nada que hacer. Le di un meneo a la radio con mucha suavidad para poner-la en marcha, pero él refunfuñó sin levantar la frente del escritorio.

–Apaga eso.

Yo me encontraba bien. Seguía doliéndome un poco el cora-zón por la noticia del fallecimiento del PDG, pero estaban los guiños de albertine, y además había estrechado a la patrona contra mí. Algo estaba cambiando. ¿Pero qué? Ahora el patrón roncaba. Salí a com-prarme un paquete de cigarrillos. Jamás había fumado, y hasta el día anterior ni una sola gota de alcohol había atravesado mi garganta.

El hombre debe saber cuestionárselo todo y ser capaz de empezar de cero. A la primera bocanada me sentí importante. Me senté para parecer alguien que piensa. Pero no se me ocurrió nin-gún pensamiento. Tal vez fuese por culpa de los ronquidos del patrón. Lo zarandeé como a la radio.

–¿Se encuentra bien, patrón? –le pregunté.

–Anda y que te den por culo, cámara.

–¿Y si suena el teléfono? –proseguí.

—Pues que le den por culo también al teléfono —replicó sin moverse.

Ya sólo me quedaba encender otro cigarrillo. El patrón no tardó en ponerse a toser.

—¿No puedes fumarte tu porquería en otra parte? —me soltó.

Puse la funda a la máquina.

—Me parece que es la hora —comencé.

—Está bien —me cortó—. Lárgate ya.

Salí con el pequeño transistor pegado a la oreja. Me pregunté si ir a casa o no. Hacía calor. Si yo hubiera sido patrón, habría cogido mi coche para ir a la playa. Aunque no a nadar —un morabito me aconsejó desconfiar de las aguas profundas— sino sólo a ver el mar y el sol, y luego el sol y el mar..., y vuelta a empezar. Por lo visto es así como se aprende a ser un pensador, sobre todo cuando se tiene en la boca un cigarrillo encendido. Fue sow quien me lo confesó un día, tras hacerme jurar que no se lo repetiría a nadie. Era el único poeta que publicaba en el primer diario del país, que siempre tenía tres páginas. La tercera página, en principio, quedaba reservada para él. Se ve que el número tres trae suerte. Decidí ir a verle. Por una vez, lo encontré en casa. Cada tarde va a la playa con un paquete de cigarrillos para contemplar el mar y el sol, y luego el sol y el mar..., y vuelta a empezar.

—¡Ah..., menuda noticia! —exclamó al verme.

—Y que lo digas.

—Siéntate, cámara. No he podido ir a la playa, pero estoy contento. Desde que me he enterado, estoy en trance. Léeme un poco de esto que he parido.

¿Dónde estás, digno hijo del áfrica?
Siempre en nuestros corazones
Tú, que nos enseñaste a ganar pasta
Siempre en nuestras oraciones
No eres un cualquiera, PDG
Aunque viviste para tu país
Nunca morirás aquí

–En efecto, murió donde los americanos –dije.

–Es que me faltaba una rima. Pienso dedicárselo mañana a mi presidente.

–No sé si lo va a apreciar, sow.

–No importa, él no lee. Es un militar preocupado por defender al país de sus enemigos.

–Acaba de ascender a general.

–¿Acaso nos ves gobernados por un vulgar cabo?

–De todos modos, es bonito. Tienes que acabarlo.

Le devolví su obra maestra.

–Se publica mañana por la mañana, inch alá –aseguró–. Mi presidente estará contento. Además, estoy seguro de que irá al entierro del PDG. A pesar de lo que dicen, tenemos buenos jefes de estado. Son muy humanos. ¿Para qué molestarse en ir a un entierro, si no?

–Tienes razón.

–¡Lo ves! Pero los jefes están mal aconsejados. ¡Ah! Si yo fuese consejero, echaría a la calle a todos los consejeros.

Volvió a coger la estilográfica. Me pidió un cigarrillo, y luego lumbre. Acto seguido me sableó doscientos francos para tomarse una cerveza. Me levanté antes de que me pidiese el mar y una puesta de sol.

–Muchas gracias por la visita –me soltó–. Compra el periódico mañana.

(Compré el periódico. Lo habían reducido a dos páginas. Sow estaba detenido. ¿No habría sido mejor ir a la playa para contemplar el mar y el sol, y el sol y el mar..., y vuelta a empezar? Una gallina clueca corre menos riesgo que un poeta inspirado.)

Yo seguía sin saber adónde ir. Si hubiera sido de noche, no habría tenido más remedio que volver a casa. Dios mío, ¿adónde ir cuando uno no sabe adónde ir? Vi a djibril. Iba de juerga con unas chicas en su dos caballos. Le hice señas con los brazos. Faltó poco para que atropellase a un ciego. No estaba dispuesto a frenar por mí. Es el tío más celoso que conozco. Su gran aspiración sería quedarse con todas las chicas del país, y eso que ya tenía cinco mujeres que no lo veían nunca. Habría sido el más feliz de los hombres si dios hubiese castrado a todos los demás. Le gustaba decir que la vida no es justa. También había sido partidario del PDG. ¿Estaría enterado?

¡Peor para él! Me volví a la tienda del «palestino». Cada vez hacía más calor. Todavía le quedaban uñas. Además, tenía la navaja en la mano. ¿Por qué no la usaba nunca para afeitarse o limpiarse los dientes? Estaba discutiendo con uno que se hacía pasar por guineano.

–¿Guineano del PDG o qué? –le preguntó el palestino.

–Guineano del ex macías –respondió el otro.

–¿Enrico macías el cantante? –agregó el palestino.

–No, el que enterraba viva a la gente –aclaré yo.

–Pues entonces, no hay crédito –dijo el palestino.

El otro me miró tan mal que bajé la vista.

—Trabajo en la sede de la ONU —soltó el otro guineano.

—Es chófer —completé yo.

—Pues entonces, no hay crédito —repitió el palestino.

El guineano del ex macías se encaró conmigo. Yo era un poco más alto y mucho más gordo. De pronto, me entraron ganas de gresca. Él dio un paso adelante y yo empecé a remangarme las mangas cortas. Nunca me había cargado a un guineano que se hiciera llamar así sin haber nacido en la guinea buena, con su presidente que había muerto en la cama.

—Tu presidente, cero. Se comía a la gente.

—Tu presidente, menos que cero. No era nadie. Ni siquiera podía empezar de cero —le respondí.

—Yo trabajo en la ONU.

—Pues yo trabajo para un blanco —dije—. Sin los blancos, nanay de tu ONU.

—Yo también, mi patrona es una inglesa.

En ese terreno podíamos entendernos. El palestino se roía las uñas con evidente placer.

—Soulémane, ponle de beber. Pago yo.

El otro guineano me sonrió y me tendió la mano.

—Mi inglesa se marcha de viaje la semana que viene. Tendré toda la casa para mí solo. Si puedes, ven, habrá de todo.

Se lo prometí. Luego pedí un whisky que el palestino me entregó envuelto en papel de periódico.

—Cárgalo todo en mi cuenta —le dije—. Que yo soy de la guinea buena, la guinea del PDG que tanto te gusta.

Acusó el golpe mordiéndose dos dedos. Mientras no se muerda los dedos de los pies, no es grave. Me dirigí hacia mi casa pensando en la de quién me apetecía pararme. Oí la llamada del almuecín. Reconocí la voz del tendero de enfrente de mi casa, o para ser más exactos enfrente tirando hacia el este-sudeste, porque delante de mi casa hay un montón de tiendas. Un fuerte golpe de tos interrumpió el pregón de la oración, que sonó como cuando le dan palmadas a alguien que se ha tragado un silbato. Confirmado, era el tendero del este-sudeste. Luego se oyó un ruido como de desprendimiento procedente del minarete. Seguro que, como de costumbre, estaba rodando escaleras abajo para volver a su tienda. Desde su mostrador veía mejor a alá. ¿Adónde ir con mi botella? Si no hubiese muerto el PDG, yo también habría ido a la mezquita. Pero no tenía ganas de rezar. De todas maneras, para ver a dios no hace falta tumbarse de espaldas. El pensamiento me reconfortó y me marché a casa. Mori había encendido el quinqué.

—¿Dónde está binta? —pregunté, como si no lo supiera.

—Está haciendo la cama.

Y yo que la creía acostada. Todo el mundo puede equivocarse.

—Si llama alguien, no estoy —dije—. Voy a acostarme. Estoy cansado, hoy he trabajado mucho.

En la habitación me encontré a binta.

—¿Te apetece comer, cámara? Esta mañana he matado a tu pato. Me pareció que estaba enfermo. Ya no podía ni tragarse mi pasta. He preparado con él una estupenda salsa bien espesa.

Ya iba siendo hora de ponerla en la puerta. Sí, un hombre tiene la obligación de volver a empezar de cero.

La oí trajinar cacerolas en el patio. Destapé la botella y puse la radio. La cosa pintaba mejor. Una mujer cantaba y se lamentaba.

El hombre hoy no es una ganga
Si te duermes, eres vaga
Si trabajas, fulana
El hombre de hoy no es tu amigo
pues desde siempre se mete contigo
Hermanas, no esperemos a mañana

Le di una patada a la radio para acallar a la vieja bruja. No esperemos a mañana... Llevo veintiséis años esperando y nadie se ha enterado de que no soy un cualquiera.

Luego pensé un rato en binta. Tenía ganas de romperle la cara y también de hacerle el amor, pero el whisky me había aplanado y tenía la cabeza como un tambor.

N o daré detalles de lo que pasó aquella noche en mi casa porque, tal como le dije a mi hijo, no estaba para nadie.

Recuerdo vagamente que estaba decidido a separarme de binta por lo de mi pato que me daba buena suerte que vivía del aire y ella lo había matado para variar mi menú semestral o sea para darme un gustazo o sea que ella me amaba pero el pato también me amaba además yo había conocido antes a mi pato que a ella y antes que al pato a otras mujeres luego para ser lógicos nadie es indispensable pero el problema se presenta cuando alguien hace una gilipollez para complacerte.

Soñé que los dos macías, el cantante y el antiguo presidente, cantaban a dúo:

El mundo va a pares
Están el hombre y la mujer
Están el verdugo y la víctima
Están el pobre y el rico
Están los muertos y los vivos
Están el bien y el mal
Mi mejor amigo ha muerto

Yo lloro
El vecino baila
Me quedo con su mujer
Su amigo llora
Y yo me río

Abrí los ojos y seguí bebiendo, y luego llamé a binta durante un rato. No vino; otro motivo para echarla. Después debí de dormirme otra vez. Me parece que vino gnamankoroba, y después brahim, alpha, barry y saliú. Era la primera vez que se reunían todos en el mismo sitio. ¿Por qué en mi casa? Binta les sirvió mi pato y el resto de mi whisky. La muy cerda. Un whisky que me habían vendido a crédito. Tenía que largarse. En cualquier caso, la cosa acabó en trifulca; mi hijo asegura que trató de despertarme porque estaban rompiéndose la cara sin hacer ruido. De mi casa no ha quedado más que el tejado. Lo siento sobre todo por mi pequeña biblioteca: fue el patrón quien me aconsejó que siempre aparentase leer. ¡Mi preciosa colección de cómics, dichos y chistes! Hasta me acababan de regalar algunos libros de nabil haïdar, roger dorsinville y henri lopez.

Parece ser que la trifulca acabó a palos de ciego. A fuerza de darse contra las paredes en la oscuridad fueron saliendo de uno en uno, con los puños en los bolsillos.

¡Ah..., PDG!, eres poderoso. Hasta después de muerto sigues dividiendo a los guineanos. Estaba en ese punto de mis reflexiones cuando me di cuenta de que el patrón se retrasaba. Telefoneé a su casa. Su mujer me respondió que no vendría porque no se encontraba bien.

—Y enrico, ¿se encuentra bien? —pregunté.

—No te entiendo —dijo ella.

—Hablo del pies negros, el camarada del aragon ese que no conoce el cha-cha-chá.

—Cámara, empiezas a tomarte demasiadas familiaridades. Hasta te noto un poco grosero.

—Dispénseme, patrona.

—Otra cosa, cámara, no te alejes del teléfono hasta el mediodía. Si no hay nada importante, tienes la tarde libre.

Y luego colgó. Desenfundé la máquina y, durante treinta minutos, soplé por encima, por dentro y por todas partes, procurando que dejase de parecer que por lo menos tenía diez años. Entró mi hijo mori.

—Papá, me duele la barriga. Al patrón brahim también. Y me manda a ver si tienes un buen medicamento.

—Os habéis comido mi pato. Lo tenéis bien merecido. Por mí, como si reventáis. No era un pato como los demás. Tú mismo has sido testigo de que jamás le daba de comer y, a pesar de eso, cada día estaba más gordo. Eres igual que tu madre, mori. No respetáis nada. Me parece que no me he tomado lo bastante en serio tu educación. Pero eso va a cambiar.

Al principio se me quedó mirando con cara de pasmo, luego empezó a frotarse el vientre haciendo muecas.

—Espero que no fueras tú el que se comió la cabeza.

—No, papá. Fue gnamankoroba.

—No me extraña. Sólo alguien maldito podría apestar como él. Tú no te comas nunca la cabeza de un pato, aunque parezca un pato normal, ¿me entiendes?

Estaba doblado en dos. Una parte de mi pato debía estar divirtiéndose en sus entrañas. Me levanté y hurgué en uno de los cajones del patrón. Encontré dos frascos, en uno había unas bolitas blancas y negras, y en el otro cápsulas azules y amarillas. Me decidí por el segundo frasco.

–Le das dos a brahim y lo observas. Si no se muere, te tomas la otra. De lo contrario, vuelves y te daré la medicina blanca y negra.

Marchó confiado. No murió ninguno de los dos. Pero estuvieron revolcándose en su mierda cuarenta y ocho horas. Al final, apestaban tanto como gnamankoroba.

Y eso no era todo. Por la noche me esperaba albertine. Salí a comprarme el segundo paquete de cigarrillos de mi vida. Entre el montón del vendedor de al lado, descubrí una caja de puritos. Firmé un cacho de papel como si fuera un cheque y, mientras el dependiente se preguntaba qué era aquello, me apoderé de la caja, la abrí y me la acerqué a la nariz.

–Este tabaco tuyo está pasado. Apesta a contrabando. Ándate con ojo, porque si no... –añadí mientras emprendía la retirada.

Me instalé confortablemente detrás de la máquina, con los pies sobre el escritorio y la conciencia tranquila, y encendí mi primer purito. Había hecho una canallada, pero hay que ponerse a prueba, ¿verdad?

El mediodía se hizo de rogar. Suerte que mi reloj galopaba como un loco. Cerré la oficina. Como la víspera, no tenía ganas de volver a casa. Dediqué unos instantes un sentido recuerdo a mi pato y otro más colérico a los vándalos que habían transformado mis cómics en comida para cabras. Salí sin saber muy bien hacia dónde tirar. Aunque uno no sepa adónde ir, lo primero es salir. Hacía mucho calor. Anduve al azar en busca de un rincón a la sombra, pero el sol me seguía a todas partes. Acabé divisando a mohamed.

Pero no se le puede llamar a voces porque entonces media ciudad se para y se da la vuelta. Mohamed es empresario. Su empresa se llama «todo puede pasar». La sede al completo se encuentra en uno de sus bolsillos en forma de impresos con un membrete muy bonito: un camello partiéndose de risa. Mohamed es un auténtico empresario. Mejor dicho, le apasiona emprender. Lo mismo puede conseguiros el último vídeo que el último discurso en esquimal del presidente de la república de vanuatu. El mes pasado construyó una casa de dos plantas muy bonita. Las vibraciones del camión que hacía la mudanza derrumbaron el edificio. Su camello debió de troncharse de risa. «Construyo sobre arena, no es culpa mía si trabajo en el desierto. Nadie me entiende», aseveró.

–¿Sabes que se ha muerto el PDG? –le dije, después de recibir la palmada en la barriga que era su acostumbrado gesto amistoso–. Ya no hace falta que digas que no eres guineano.

–Cámara, nadie me entiende. La vida es complicada. Han detenido a sow, un tío decente. No lo entiendo. No ha hecho nada, ni yo tampoco. Y tengo citaciones todos los días en la policía. Mierda, no soy el único mohamed de este país.

–Di que te llamas «el canguro».

–¿Y qué es eso?

–Un animal que anda con los puños por delante. Hace un momento me has hecho daño en la barriga.

–No bromees así con la vida de un hombre, cámara. Al fin y al cabo, tú eres alguien.

–Lo sé, hermano –dije con modestia–. Quería hacerte rabiar. ¿Es grave lo de sow?

–No ha hecho nada, te lo juro. Si me hubiera hecho caso,

habríamos montado una empresa para ayudar a empresarios en apuros. Como ya nada funciona, eso habría funcionado. Pero sólo quiere ir a la playa a mirar el mar y el sol, y el sol y el mar... y vuelta a empezar, y luego escribir lo que se le pasa por la cabeza. Un hombre no debe mostrar lo que piensa porque cabe más injusticia en una cabeza que en el mundo entero. ¡Ah..., los poetas! El polluelo que se aleja de la madre se acerca al gavilán.

Por suerte, alguien gritó: «¡mohamed!, ¡mohamed!». Se volvió al mismo tiempo que todos los que pasaban por allí. Aproveché la ocasión para desaparecer, pero tuve la desgracia de tropezar con fodé. Es otro guineano aún más hábil con la palabra que el PDG y, como él, tan capaz de maldecir a un equipo que pierde al fútbol como de explicar por qué los jóvenes no son tan jóvenes como parecen. Llevaba siempre bajo el brazo un viejo periódico escrito en chino para corroborar sus argumentos. En los tiempos en que pasó dos semanas de chófer en la embajada de corea, hará de eso once años, aprendió la palabra «ola». Ola significa «hola».

–Ola cámara, el presi ha muerto –empezó–. Pero sigue la guerra en el líbano y los saharauis combaten contra los marroquíes. Ayer hacía calor en tu casa. Yo quería mucho a tu pato. Ya sé que tu patrón está enfermo, dale quinquéliba[10] con limón verde. Mañana va a hacer calor, ¿no lo notas? Hiciste bien no peleándote con el falso guineano en la tienda del palestino. Suele llevar un cuchillo en los calzoncillos.

–¿Y nunca se ha cortado los cojones? –acerté a replicar.

–No se lo puede permitir. Son su sustento. El día que deje de tirarse a su inglesa, lo despide. Pero no hablemos más de él. Espera un poco. Lo tengo en la punta de la lengua.

–Pues te la rascas –le dije–. Tengo una cita importante.

Me marché a escape. Sabía lo que tenía en la punta de la lengua. Esperaba que las autoridades le dejasen organizar una tómbola; él se quedaría un boleto y ganaría el premio gordo, porque según decía: «No puedo volver a mi país con las manos vacías, yo pertenezco a una gran familia. Con ese dinero, me casaré enseguida. Aquí todo es posible. Y en cuanto pueda, me haré un súper chalé con piscina en el dormitorio y convocaré por las noches a mis hijos y a mis hijas para pedirles que trabajen».

Fodé tenía solamente cincuenta y siete años.

Yo tenía que pensar en mi indumentaria para la fiesta de albertine. Seguramente estaría muy concurrida. Que yo sepa, era la primera vez que invitaba a un negro. Me propuse representar a toda áfrica con parsimonia y dignidad.

Cámara, hijo mío, te está saliendo todo demasiado bien desde la muerte del PDG y de tu pato.

No representé a áfrica con parsimonia y dignidad. Para empezar, llegué tarde. Había perdido mucho tiempo buscando el traje adecuado. Finalmente, encontré una chaqueta blanca en casa de sory, el *boy* de georges, el blanco ése que siempre parece a punto de desnudarse.

–Te sienta de maravilla, cámara, además tiene cuello «mao»; te la presto para que nos representes con honor, pero no la manches y ten mucho cuidado con los botones, parecen de oro.

–Tú si que eres un verdadero hermano –le respondí mientras cogía a la primera responsable de mis sinsabores durante la velada. Luego fui a pedir prestada la otra segunda responsable en aquella velada memorable. Me refiero a un pantalón que descubrí en casa de david, otro hermano que en realidad se llamaba «acabo de llegar de francia». Toda la ciudad envidiaba su único pantalón blanco. Cuando lo llevaba, no se sentaba jamás. Me lo entregó como si me confiase un bebé y se sintió obligado a puntualizar.

–No vayas a sentarte, podrías estropear las rayas. Es un pantalón que siempre me ha dado suerte con las «rrubias», ¡ah! si hubiese «rrubias» en este país.

–Conozco a una albina –empecé.

–Lo que yo quiero es una blanca de verdad; hasta ahora lo he soportado todo porque sólo hace tres años que me vine de francia, los recuerdos son lo único que me ayuda a resistir, pero como esto se prolongue, me vuelvo a mi casa en francia.

Cuando por fin entré en el jardín de albertine, todos los blancos enmudecieron. Oí que alguien decía:

–Albert, ¿de dónde sacas tantos criados?

De momento no me di por aludido. Albertine salió a recibirme. Parecía un pájaro con su piel bronceada y lisa como el trasero de un orangután, su cabellera negro carbón, el costoso vestido amarillo que la desnudaba, los altos tacones verdes y el chal rojo cuyos blancos extremos anudados en ovillo se balanceaban descuidadamente sobre ambos pechos como unos cojones. Le hice un besamanos para demostrar a la concurrencia que yo no era un cualquiera. Alguien, probablemente el mismo de antes, aplaudió. No sé si por la impresión o porque me buscaba las cosquillas. Con los blancos nunca se sabe. Ella empezó a presentarme a unos y a otros y luego me acompañó al bufé. Allí fue donde me di cuenta de que los *boys* de la fiesta y yo nos parecíamos como dos nueces de coco. Seguro que habían pedido prestados sus trajes a otros tantos sory y david. Al principio, creyeron que estaba allí para echarles una mano. Pero cuando albertine me preguntó qué quería, perdieron la sonrisa. Cogí una copa de champán y me alejé de mis hermanos gemelos sacando pecho. Albertine se reunió conmigo.

–Puede sentarse allí, cámara –dijo señalándome una silla vacía a la entrada del jardín, en el rincón más oscuro bajo un árbol–. Yo todavía estoy ocupada. Aún no han llegado todos los invitados. Hasta luego.

Crucé otra vez el jardín con la cabeza bien alta para ocupar mi lugar. Traté de sentarme sin más, pero tuve que desabrocharme la chaqueta. De repente, las mangas se habían remontado hasta los codos. Lo intenté una segunda vez. El pantalón se negó a obedecerme. Lo palpé. A lo mejor era de cartón. No, no era de cartón, era menos maleable. Fue entonces cuando por fin bajé la mirada y me vi los zapatos; mis dedos gordos jugaban al aire. Me levanté. De todas maneras, no me habían invitado para sentarme y asistir a una reunión del pedegé. Le hice una seña a albertine.

–Me apetece de bailar.

–¡Formidable! –exclamó–. Esto es un hombre. Albert, pon música. Y que se fastidien los tímidos.

Cuando escuché lo que ponía su marido, salí zumbando hacia el bufé. Era un tango. Yo pensaba que a ella también le gustaba sólo enrico.

–¿Viene a bailar? –preguntó albertine a mi espalda.

–Debería abrir el baile con su marido, queda más formal.

–No sabe bailar, el pobre.

–Pues le obliga. No es tan difícil.

Ella se acercó a albert y le hizo una reverencia mientras todo el mundo aplaudía. Le forzaron a levantarse y albertine se apoderó de él y ya no lo soltó. ¡Un tango! Dios mío, te doy las gracias por haberme facilitado la manera de negarme a bailar. Albert tuvo que correr mil veces de un lado a otro del jardín y retorcerse otras mil veces para luego volver en sentido contrario. Albertine era una mujer fuerte. Al final, lo llevaba como si fuese su hijo. Volvimos a aplaudir. Albert nos hizo un corte de mangas y no lo volvimos a ver en toda la noche.

–Baila usted como un pájaro del gabón –le dije a albertine.

Ella no había estado nunca en el gabón para comprobarlo. Yo tampoco, la verdad. Pero aquello la halagó. Llegaban el patrón, la patrona y la cuñada christine. El patrón iba entre las dos, bien escoltado. En cuanto vio mi silla, se dejó caer en ella. Me dio envidia, pero no me moví para no parecer un sirviente. Cuando la patrona llegó a mi altura en el bufé, me ignoró. Su hermana christine dijo:

–¿Nos sirves algo, cámara?

–La oficina está cerrada, señora –le contesté–. Pero si quiere bailar... –proseguí, confiando en que no fuese otro tango.

Albertine se reunió con nosotros.

–¿Sabéis que vuestro cámara tiene alma de poeta? Me ha comparado con un pájaro del gabón.

–No soy el cámara de nadie –dije yo.

Michel, el homónimo del patrón, rodeó con sus brazos el cuello de christine.

–¿Qué pasa? Encargad a los *diallos* que os sirvan y venid a sentaros a nuestra mesa. ¿Y qué, cámara? Parece que se ha muerto tu venerado presidente, ése al que no le gustaban los blancos.

–A mí tampoco me gustan los rostros pálidos, pero yo no estoy muerto.

Albertine creyó oportuno intervenir.

–Cámara, me habías prometido un baile –dijo.

Su tuteo en aquel momento me resultó providencial. Tal vez fuese una zorra, pero demostraba tener los cojones tan bien puestos como cualquier hombre. Vacié mi copa de champán y la tomé del brazo. Había dos o tres parejas en la pista. No era un tango.

–A michel le gusta dárselas de duro –comenzó en cuanto la

estreché contra mí–. Pero no es malo. Tiene problemas con las mujeres.

–En todo caso, si se empeña le rompo las narices. Si su *bangala* no funciona no es por culpa de los negros.

Se echó a reír y la estreché un poco más contra mí. El patrón me sonrió. Su cuñada le llevó un vaso lleno. Gracias al largo de mis mangas, o más bien a que eran demasiado cortas, apoyé las manos en sus nalgas con la mayor naturalidad. El patrón me guiñó un ojo. Él lo entendía. Siempre lo entendía todo. León, el aficionado a fotografiar a los elefantes heridos, bailaba a nuestro lado con una viejecita de nariz aguileña. Solía pasear por la ciudad con un perro más grande que ella que la arrastraba hasta que la lengua le colgaba por encima del mentón. Aquella tortura formaba parte de sus placeres cotidianos.

–Se podría sacar una buena foto –dijo léon mientras pasábamos rozándolos.

¡Pobre paquidermo atormentado! La música se acabó. ¡Ah..., si pudiera sentarme! Albertine se fue con los demás invitados y yo me dirigí al bufé. Alargué el vaso. Los criados me volvieron la espalda.

–El perro del blanco está adiestrado contra el negro –les dije–. Es un proverbio de mi país.

No me entendieron. Alguien me daba golpecitos en el hombro. Era françois, el tierno veterinario.

–¿Qué estás haciendo? –me preguntó.

–Estaba pensando que los negros no están preparados para entenderse –le respondí en un tono profundo.

–Es una propiedad común y muy propia de los hombres. En cambio, ¿sabes que los animales de la misma especie no se matan jamás? En fin, que es todo muy raro, ¡rarísimo! Pide que te sirvan y ven a sentarte con nosotros. Te presentaré a alguien interesante.

–¿Cómo van las cosas por tu país, cámara? –preguntó bernard, que se había reunido con nosotros.

–Hasta luego –dijo françois dirigiéndose a mí.

–Me he pasado el día escuchando la radio –prosiguió bernard–. El cuerpo de tu presidente debía de llegar hoy. Todo sigue en calma. Tú que estás bien situado, ¿crees que va a durar?

Puse cara de absorto mientras absorbía el contenido de mi vaso.

–¡Alá es grande! –dije.

–Venga, cámara, tú sabes algo. Puedes confiar en mí.

–Más tarde, si no le importa. Primero debo entrevistarme con alguien muy importante. Para eso quería verme françois.

Vacié mi vaso. Me dolían los pies. Si al menos pudiera sentarme un segundo. ¡Dios mío!, has liberado a los dedos gordos de mis pies, pero todos los demás claman contra la injusticia. Dios santo, escucha a mis hombros estirados hacia atrás, a mi vientre comprimido y a mis rodillas tiesas.

Llegaba mi pájaro del gabón con los brazos extendidos.

–Estoy muy contenta de haberte invitado esta noche –dijo–. Nos has ocultado montones de cosas.

La miré con cara de importancia. El patrón me indicó por señas que me acercase. Se levantó trabajosamente y vino a mi encuentro. Luego me llevó aparte.

–Toma, he encontrado una casete de música africana entre mis cosas –dijo deslizándomela discretamente en la mano–. Pídele a albertine que la ponga.

Sonreía, pero algo iba mal. Me dio unas palmaditas en la espalda y me tranquilizó con su sonrisa triste.

–No todos los blancos son gilipollas, cámara. Si de gaulle hubiera intervenido, el PDG no habría vivido a la izquierda para luego morir a la derecha. Pero ni yo soy de gaulle ni tú el PDG. Tú tienes la suerte de tener un hijo. Tienes la obligación de luchar por él con todas tus armas. He ido cuchicheando por ahí que no eres un cualquiera. Para lo demás, ya te las apañarás tú solo. Pero de entrada, tu situación en mi oficina va a cambiar. Vas a asumir nuevas responsabilidades.

No sabía de qué me estaba hablando, pero de repente me sentí tan a gusto a pesar de mis ropas de criado y mis zapatos de pobre desgraciado como cuando poco antes albertine me tuteó. Me hablaba como si hiciera testamento. Era mi padre, y yo volvía a ser el niño huérfano. Tenía en la mano su vaso casi vacío. Le pregunté si le apetecía tomar algo.

–Deja de hacer de criado, ya hay demasiados negros que lo hacen –me respondió.

Le sonreí a mi vez, pero mi sonrisa debía de ser tan triste como la suya.

–Repítete a todas horas que no eres un cualquiera, cámara. Cuando te parezca que la tierra gira demasiado rápido o cuando creas que se ha parado. Tenemos poco más o menos la misma edad, pero yo me siento mucho más viejo, sobre todo esta noche. He empezado a apreciar el silencio. Justo antes del comienzo del mundo hubo un silencio tan terrible como el de este momento en tu continente. Me gustaría asistir a la explosión, pero tengo miedo. Cristo dijo, al compartir su pan y su copa de vino, éste es mi cuerpo, y ésta mi sangre. Nosotros hemos seguido al pie de la letra sus enseñanzas: llevamos dos mil años devorándonos y tragándonos.

Le arrebaté el vaso con autoridad para llenárselo, para acercarme a la pista donde se agitaban algunas parejas, para bailar como se baila para morir y renacer. En mi país, basta un bautizo o unos funerales para caer en el olvido.

Cuando volví, me lo encontré sentado; tenía un aire soñador.

—No te olvides de la casete —me dijo mientras le alargaba el vaso—. Ahora, ve a divertirte.

Lo dejé. Albertine bailaba con un gordito que se bamboleaba sin moverse del sitio. Le di unos golpecitos en el hombro y le enseñé la casete. Su galán se apoderó de ella.

—Es música negra, querida —dijo volviendo la casete del derecho y del revés.

Se la arrebaté y me dirigí al aparato. Como de costumbre, me equivoqué de botón. Albertine acudió, seguida por el gordito.

—Este salvaje va a cargarse el equipo que te regalé. Por dios, ¿de dónde sacas a tus invitados, querida?

Mi mano salió disparada dos veces. Él ni siquiera se movió. Tenía la cabeza mejor afianzada de lo que yo creía. Le planté cara, dispuesto para la pelea. Fue entonces cuando me di cuenta de que no tenía cuello. Ni siquiera podía estrangularlo. Se frotó las mejillas con aire apesadumbrado. Sentí un gran vacío interior. La verdad es que nunca había abofeteado a un hombre.

—Ha desgarrado su precioso traje de gala —me dijo—. Pero, por favor, no se sienta ridículo, no es la primera vez que me abofetean.

Luego me quitó la casete y pulsó el botón correcto. Fue como si me hubiera devuelto la bofetada. Afortunadamente, nadie había presenciado la escena, salvo albertine. Quería pedir perdón, pero mi orgullo de mandinga colonizado y maltratado por el blanco a lo largo de incontables años me lo impidió. Al fin y al cabo, había empezado él. Yo estaba allí para representar a toda áfrica con parsimonia y dignidad; como el PDG, me había vestido de blanco.

–¿Sabes bailar eso? –preguntó el gordo.

Era una orquesta zaireña. Lo agarré de la cintura como a una mujer. Él se dejó llevar. Pude abrazarlo sin demasiados problemas. La costura de mi chaqueta de *boy* se había descosido en mi arrebato de cólera y, además, de niño ya había trepado por enormes troncos de baobab en busca de panes de mono.[11] Al día siguiente iba a tener unas palabras con sory, el dichoso propietario de la chaqueta, pero ¿quién sabe cuándo llegará el mañana? Albertine hizo unas señas y poco después el salón quedaba atestado. Divisé al patrón tras un grupo de espectadores. Se reía. Le pedí al gordo que cambiase la música. Me arrastró hacia el aparato mientras nos aplaudían y me enseñó rápidamente a manejarlo.

–Probemos con el grupo criollo.

No me sonaba nada. Albertine se me acercó. Le arrebaté el vaso y lo vacié de un trago antes de arrebatarla a ella también.

Una caricia para despegar
Si te quieres calentar
Has de saber biguinear[12]
Es bueno para la moral

–No hacía falta pegarle, cámara...

Es bueno para la moral
Es bueno bueno

–... Es un gran periodista especializado en problemas africanos.

Es bueno bueno
Es bueno es bueno

–Pues yo soy especialista en ceropeos.

Es bueno bueno
Sí, es bueno

La hacía rodar en todas direcciones. Yo sudaba, yo reía. Ella sudaba..., reía. Estoy seguro de que mis dedos gordos, que me contemplaban desde sus agujeros, estaban orgullosos de mí. Finalmente, me tiró del brazo y salimos al jardín donde otras parejas sudaban y reían. Me arrastró hacia un grupo que parecía estar esperándome. Reconocí a françois, michel, léon, al «cara de torta», a una viejecita, la acompañante de léon, y a dos o tres personas más, una de las cuales me cedió su silla. Me senté con desenvoltura. El precioso pantalón de «vuelvo de francia», que tanto atraía a las «rrubias», se rompió por la mitad y se rasgó por las rodillas.

–Me parece que ya nos conocemos, señor cámara –me dijo el abofeteado–. Por si lo ha olvidado me llamo jacques, jacky para los amigos.

–¿Como la de kennedy? –dije–. Yo soy mamy para los colegas.

En realidad, me llamo cámara filamudú fakoli massakoye. Es largo y a menudo me da quebraderos de cabeza. En algunos países, *massakoye* significa «cojones de jefe».

–¡Vaya! Así es como llamaba yo a mi abuela –dijo la viejecita.

–Será boba –soltó françois–. Es arqueóloga y cooperante desde hace veinte años.

–¡Una vieja sexpatriada, vamos! –completó jacky.

La torta salió disparada. Pero fue la viejecita quien lloró. Jacky le ofreció un pañuelo.

–Ya están hechas las presentaciones –dijo léon.

–Mamy –dijo jacky dirigiéndose a mí–, ¿nos tuteamos, no, mamy? Me he enterado de que eres alguien muy importante y muy discreto y se dice que te has opuesto públicamente al PDG, lo que tiene mucho mérito. Y hasta que has salido ileso de varios atentados.

Dios mío, no podía estar hablando de mí. Era una jugarreta del patrón. Si el PDG se hubiera dignado detenerme, yo mismo me habría entregado y ni una gallina se habría levantado de sus huevos. Yo escuchaba, atónito como el resto de la concurrencia, la historia de un libertador, la mía, y los tormentos de un pueblo, el mío. Descubría a un nuevo cámara.

Para tapar los dedos gordos recogí los pies bajo la mesa, mientras me rodeaba el pecho con los brazos poniendo aire meditabundo para disimular los desgarrones de la chaqueta de criado de sory. ¡Eran tan hermosos, aunque me quedaran algo grandes, los trajes de gala que me estaba cosiendo el sastre jacky! Me veía cazador famélico, hábil y perseverante, acechando alrededor de cada árbol de la inmensa selva guineana al PDG, toro de hocico ensangrentado que echaba espumarajos y embestía contra todos los que le pasaban por delante. Jacky continuó en el mismo tono, se notaba que tenía facilidad de palabra. Michel acercó su silla a la mía con una mirada admirativa, la viejecita seguía secándose los ojos, pero cada vez más discretamente; léon bebía a sorbos, françois se rascaba la barba y georges, que acababa de llegar, se desabrochaba la camisa.

–Ha sabido ocultar su juego –dijo michel mientras jacky trataba de recobrar aliento–. ¡Y yo que le tenía por un mamadú cualquiera! Y mientras tanto, como quien no quiere la cosa, él burlaba las trampas de los comandos asesinos entre su casa y su trabajo de humilde secretario.

–Mi *grisgrís*[13] era más poderoso que el del PDG –dejé caer con negligencia, sólo para recordarles que, mal que bien, estaba allí.

No hay héroe mudo. Lo descubrí en mis cómics. Al caballo de lucky luke le gusta hablar, lo mismo que a los animales de zembla. Si buky la hiena parece estúpida es porque no domina la palabra tan bien como leuck, la liebre.[14]

–¿Hablaba usted de *gri-gri*, señor cámara? –preguntó michel con una sonrisilla burlona.

–Usted no puede entenderlo, señor –respondió jacky por mí–. Si no fuese usted imbécil, sabría que toda civilización es fetichista.

Esperé la bofetada, pero esta vez no llegó. Todo el mundo se había callado. Michel bajó los ojos. Situé al personaje: uno de esos incontables caras pálidas que han venido a ganar pasta, de racismo virilizante y dignidad quebradiza. Albertine tenía razón. Michel no era un hombre.

–Me gustaría pasar a la siguiente pregunta, querido mamy –prosiguió jacky–. ¿Cómo ves el futuro de tu hermoso país tras la desaparición del tirano?

Albertine bailaba al son de una orquesta guineana.

Pobres de aquellos que combaten a seku
El más esforzado de los más esforzados
Dichosos los que aman a nuestro seku
Porque nunca irán descaminados

–Decidle a albertine que lo apague enseguida; esa música parece una provocación, si no... –grité.

François se levantó precipitadamente y desapareció.

–¿Acaso os burláis de mí o qué? –agregué–. ¿Sabéis lo que dice esa canción?

Se la traduje. Hubo murmullos de aprobación a mi alrededor. Me volví. El patrón seguía muy atrás, en el mismo sitio. Me sonrió y me animó con un gesto. Su mujer estaba explicándole algo a su hermana christine dando muchos manotazos. La música se paró.

–Cámara, ¿pero no eras tú el que quería música africana? –comenzó a decir.

–No te preocupes, querida –repliqué–. No podías adivinar que si me he unido a la resistencia ha sido para no tener que escuchar las alabanzas de un asesino. Pon otra cosa, pero bajito, que tenemos ganas de hablar de cosas importantes –ordené.

En cuanto se fue, fingí concentrarme en los demás dando suspiros de exasperación contenida.

–¿Y bien, mamy? No es que queramos forzarte a que nos hagas confidencias, pero si me permito insistir en tu visión del...

–El futuro es imprevisible por definición –le corté–. El hombre siempre debe cuestionárselo todo. Fijaos en la historia. Está llena de signos de admiración, paréntesis, puntos suspensivos, dos puntos, puntos y comas y comillas. Pero hay pocos signos de interrogación. El PDG se dio cuenta y dijo un día en la ONU que toda áfrica es un gran signo de interrogación. Mobutu añadió que nuestro continente tiene la forma de un revólver con el gatillo en el zaire. no eran más que banalidades, por eso me gustaría precisar que vivimos en una pistola con el cargador en guinea. Por desgracia, el

PDG ha confiscado las municiones para su milicia. Ahora bien, cuando salga el disparo, lo siento por los que se instalaron confortablemente en la boca del cañón, en áfrica del sur. Y algún día se disparará, no lo dudéis. Sólo nos falta el pistolero que sepa disparar más rápido que lucky luke, más veloz que su sombra. La especialidad del negro es el deporte y la paz, pero, cuidado...

Me interrumpí, con el índice derecho agitándose amenazador en el aire.

–Y cuando digo cuidado, me dirijo a los que piensan que el negro nunca sabrá trazar una línea recta que, para colmo, no existe en la naturaleza. A los que se burlan de nuestras creencias y viven sin embargo bajo el brillo titilante de estrellas que murieron hace millones de años.

Alguien me daba golpecitos en la espalda. Era el patrón. Me llevó aparte.

–Sabía que podía contar contigo, cámara. Métete con ellos, adviérteles de que será en tu país donde esta misma noche o mañana estallará el bum regenerador; tengo que volver a casa, cámara, léete esto con atención y buenas noches.

Cogí el trozo de papel y me reuní con los demás. En cuanto me senté, françois me alargó su pitillera.

–No es ése el botón –me advirtió mientras me afanaba por abrir la cajita.

Jacky me ofreció un puro tan grueso como mi pulgar y michel frotó una cerilla. Me levanté.

–Disculpadme, amigos, acabo de recibir un mensaje importante y urgente, necesito tranquilidad.

Había dejado de ser un cualquiera. Me acerqué a una luz.

É se no es el botón –protestó albertine.

Mi cabeza llevaba una eternidad aprisionada entre sus muslos y empezaba a asfixiarme.

–Pero bueno, cámara, supongo que habrás oído hablar del clítoris –añadió, levantándome la cabeza con cara de fastidio.

Algo había oído de aquella pepitilla de las niñas que había que extirparles para que se convirtiesen en verdaderas mujeres, lo mismo que se les corta cierta cosa a los *bilakoros*15 para que puedan hacer de las suyas. Sin embargo, la circuncisión daba pie a festejos públicos, como los bautismos, en cambio la ablación se rodeaba de ceremonias silenciosas, como algo vergonzoso.

–El clítoris es muy importante, cariño.

Y yo tan convencido de que todas las mujeres se parecían y que para hacerles el amor bastaba con entrar en ellas lo más rápidamente posible para salir cuanto antes de su mundo distinto y distanciado...

–... Fíjate bien en cómo estoy hecha.

Se abría el sexo con las manos. Me levanté. De todas formas, me dolían las rodillas. Me quité lo que quedaba del pantalón predilecto de las «rrubias» de david. Ella me señalaba su punto G. Yo no veía ni puntos ni ges.

—Es un punto muy sensible de la mujer. Vuelve a empezar.

¡Puta mierda! Me estaba desempalmando. Ya no era una cama lo que tenía delante sino el pupitre de una escuela.

—Oye, ¿cómo te lo montas con tu mujer? Pues todo el mundo dice que vosotros, los negros, sois unos campeones de la jodienda —exclamó al verme vacilar.

Le arranqué las bragas. El honor de áfrica estaba en juego. Se iba a enterar de lo que iba a hacer con su punto G. Me abalancé sobre ella con el aullido de mi antepasado baba gongodili cuando su quincuagésima sexta esposa, kankumba nana, le pedía guerra.

—¿Puedo ducharme? —le pregunté, tras cerciorarme de que aún respiraba.

—Todo recto y luego a la izquierda, es la primera puerta después de la roja, pero vuelve pronto, amor mío.

Me levanté tambaleándome como gongodili cuando kankumba lo dejaba tirado en el suelo. Tenía ganas de librarme de aquel olor a pugilistas que impregnaba toda la cama. Fui todo recto, desnudo como vine al mundo, y di la vuelta a un picaporte. Albert, sentado en su cama, se daba friegas en el pecho. ¡Ah! El último tango de un hombre que ha bailado del brazo de una esposa como albertine.

—Señor albert, estoy buscando el lavabo.

Se puso las gafas, me observó de pies a cabeza y pareció dar el visto bueno.

—Es la otra puerta, la amarilla. Cierre con cuidado, a albertine le molestan los portazos. ¿Satisfactoria la velada?

Lo tranquilicé. Un hombre como él, con una mujer como

albertine, no podía por menos que dar felicidad a la gente de bien como yo. Tomé posesión de la ducha. Había dos botones: uno rojo y otro azul. Adelante con el rojo, el color del hombre valiente, como le gustaba decir al antepasado gongodili. Poco faltó para que aullase de dolor. Caía sobre mí todo el fuego del infierno.

Volví a la habitación de albertine despatarrado como un recién circuncidado. Mi epidermis no soportaba el menor contacto. Ella vino a mi encuentro en pelota, mimosa y ronroneante.

—Sobre todo, nada de caricias, albertine. Y además, he visto a tu marido y él me ha visto a mí.

—Pero, cariño, él sabe que pasas la noche con nosotros. Jamás le he engañado.

—Eso no me gusta nada, albertine.

—No tienes por qué asustarte, cariño. Albert está la mar de contento de que seas tú mi primer amante negro.

Gongodili le cortó los cojones al amante de su centésima vigésimo cuarta esposa y le obligó a metérselos en la boca. Y eso que era su mejor amigo. No está bien que un hombre preste a su mujer. Yo no era un cualquiera, pero con todo y con eso... Los tiempos han cambiado, pero con todo y con eso... Binta no vale nada, pero si un jefe de estado me pide que le cambie su culo por el trono, le hago lo mismo que gongodili.

—¿Qué, vienes?

—Espera un momento. Me he escaldado al darle al botón que no era.

Me observaba desde el otro lado de la cama, mientras la fresca presión del acondicionador de aire devolvía mi piel a su estado normal.

–De todas maneras, cariño, no tienes más remedio que quedarte conmigo, y con albert al lado. No olvides que tu precioso traje que causaba sensación...

Rompió a reír, y tenía razón. Sólo podía salir desnudo. Ni siquiera podía echar mano de los trajes de albert, demasiado pequeños para mí.

–Pero si te empeñas, podríamos llamar por teléfono a tu casa.

–He mandado cortar el teléfono –mentí–. No paraba de recibir amenazas de muerte. Querían destrozarme los nervios. ¿Has oído hablar de la guerra psicológica?

–Ven, cariño. Olvida todas esas cosas horribles.

No, yo quería contárselas. Se acostó de nuevo y apagó la luz. Dudé entre reunirme con ella o quedarme junto al soplo benefactor del acondicionador. En la última policíaca que había leído, al héroe le gustaba contar su vida en una cama; pero cuando hay encima de ella una mujer, las palabras sobran.

–Acabarás asustándome, cariño.

Me estremecí. Tenía el culo como un bombón helado. Tanteé en la oscuridad, tropecé y caí sobre la cama. De inmediato ella tomó posesión de mi espalda.

–Estabas cogiendo frío, mi amor. Déjame darte un masaje, friccionarte un poco.

Así recomenzó el eterno juego del hombre y la mujer, del mar y de la tierra, con su flujo y reflujo, pugnando por gozar de la fusión con el cielo y del olvido de uno mismo. Sólo la solté cuando roncaba dulcemente con la boca abierta. Mi espalda, con sus zarpazos, debía de parecer la de un flagelado. Me arrellané en una almohada con las manos cruzadas bajo la nuca, el pecho desnudo y la sábana recogida en la cintura: la postura favorita de los grandes detectives cuando reflexionan.

Calculé hasta dónde había llegado. ¿Podía volverme atrás? Poco antes, como una palabra siempre llama a otra y todos aquellos patronos blancos admiraban a un pobre negro que se transformaba en héroe, había soltado: «El pueblo guineano pronto será liberado».

–¿Y para cuándo será eso? –preguntó bernard.

–El mundo también va a cambiar, caerán uno tras otro todos los PDG que nos dividen y entonces volveremos a estar unidos. Ni siquiera tendremos que rehacer este mundo que Dios creó para la vida –respondí como si nada.

Lo que siguió fue todavía más vago. Todos me escuchaban. ¿Acaso era culpa mía si desde hacía cuarenta y ocho horas todo se trastornaba y se combinaba para transformar la muerte de un hombre en la resurrección del pobre cámara fakoli filamudú, sin vínculos secretos, sin afectos, sin puerto donde recalar, sin amores inolvidables, sin amistad, sin opiniones? Desde anteayer, se habían comido a mi único pato, mi biblioteca estaba destrozada, había desgarrado el indestructible pantalón de «vengo de francia», abofeteado inopinadamente a un blanco, acostado con una blanca, y aprendido a beber, a fumar e incluso a tutear a los patronos. Y hasta me habían hecho una interviú.

Intenté salir de la cama para ir a por un cigarrillo. El ruido del somier despertó a albertine.

–Quédate un poco más, amor –dijo–. Soñaba que nos recibías en tu casa de guinea. Estaba llena de gente. Tú venías a mi encuentro con los brazos cargados de flores y me decías: «aquí tenemos a mi precioso pájaro del gabón».

Estuve a un tris de contestarle que en mi país no se cultivaban flores y que por allí hasta las lechugas les parecen hierba para cabras. Pero al hablarme de la recepción que había concluido con una rueda de prensa, me había descrito mi guinea. Flores por doquier, y lechugas, y manzanos, y viñas, y cascadas, y todo lleno de mujeres.

–Todo es posible en guinea, albertine, ya lo verás –le prometí–. Basta con desearlo. Además, es un país hospitalario por naturaleza.

–¿No me olvidarás cuando seas alguien importante? Envejeceremos juntos entre los trinos de aves multicolores...

Estaba tirando a la basura al bueno de albert. Le pregunté si tenía algo de fumar, me dijo que sí y, cuando me volvía hacia ella, me rodeó el cuello con los brazos y caímos de nuevo en la cama.

–Te vas a enterar de lo que hago yo con un buen cigarro –ronroneó mientras se enroscaba entre mis muslos.

Mi serpiente asomó la cabeza. En nuestro país, si te atreves a pedirle eso a la mujer que has comprado, se niega y te dice que dios no ha creado la boca para chupar serpientes.

–¿Te gusta?

¿Qué podía contestar yo, hermanos míos? Era la primera vez que me pasaba todo eso. Me dejé llevar para dar libertad a mi profe de geografía femenina y al bastón que me había legado gongodili, el único cámara que estremecía las noches de ciento noventa y siete esposas. Todo parecía un sueño maravilloso. Yo los miraba y ellos me pronosticaban un destino extraordinario. Yo estaba lleno de vida y ellos miraban hacia mi dulce y lento envejecer. Yo decía cosas y las cosas hablaban de mí. Yo veía y ya hasta me podía ver.

–¿Cuándo piensas volver a tu país, cariño?

Mi serpiente todavía deseaba que la mamasen, pero tiré de

albertine y, cuando su cabeza alcanzó el hueco de mi hombro, la estreché contra mí. ¿Qué hora era?

—Esperemos un poco —dije, en contra del parecer de la serpiente que seguía balanceándose por debajo de las sábanas.

Alargó un brazo hacia el otro lado, cogió un cigarrillo y me lo puso en los labios. Su brazo repitió el movimiento y me dio fuego. Di una primera calada, le pasé el cigarrillo y ella me lo pasó de nuevo. Justo como en las películas. ¡Ah..., si nos hubieran podido filmar así! A mí, un pobre guineano de guinea, del más pobre entre los países menos activos del mundo. Guinea se había convertido en un PMA, y los incondicionales del PDG habían aprendido a aplaudir su atraso en las narices de la oposición.

—Debes de estar contento de reunirte pronto con tus padres.

No entendía nada, absorta como estaba en su nueva dicha y en el placer de verme con cara de felicidad, recostado en la cama y con el cigarrillo en la boca, mientras la serpiente despechada se dormía de nuevo y yo trataba de echar un vistazo al pasado.

En mi país, nunca tuve nada. Mis padres, que murieron entre la fatalidad y las primeras promesas del PDG, no me dejaron nada. Mi hermano y yo crecimos como esas plantas trepadoras que se enroscan a todo lo que encuentran. ¿Sabría él, en las profundidades de europa, que ahora ya podía plantearse volver a casa?

Volví a pensar en mis padres. No guardaba ningún recuerdo suyo. Que dios los bendiga en su paraíso. Me hice la promesa de regarles con agua para que la tierra les resultase más liviana y me pudieran ayudar. Papá, mamá, si tengo que seguir siendo un cero a la izquierda, que sea un cero de verdad, el único signo que puede rodar gracias a su forma.

–Cariño, ¿en qué piensas?

–En nada, la verdad. Pienso que soy redondo; como un cero –me oí responderle.

–Pues no has bebido casi nada. Debe de ser el cansancio después de tantos años de exilio.

Aplasté el cigarrillo en su preciosa moqueta y la abracé. Ella se abrió de inmediato.

Al cabo de una semana, yo era, sin lugar a dudas, el héroe. Se decía que había amenazado con arrancarle el pellejo al PDG, y que lo había logrado aunque él hubiese muerto, por así decirlo, de muerte natural. Pero ¿acaso puede darse una muerte natural a los sesenta años cuando se es el PDG, es decir, cuando se tiene derecho sobre la vida y la muerte de los demás? Todo el mundo sabe que ese derecho alejaba su propia muerte, y que ésta sólo podría alcanzarlo cuando ya no tuviera ninguna vida que ofrecerle. También corrió el bulo de que yo había vaticinado la llegada de los militares, y que posiblemente estaba en connivencia con ellos. Yo los dejaba hablar, para satisfacción del patrón. En realidad, todo era un malentendido. Yo sólo había declarado que ya tocaba plantearse una guinea sin PDG. Pero me refería a seku, mientras que los demás creían que hablaba del pedegé, su partido-estado.

Toda la semana anterior estuve muy solicitado, sobre todo el viernes, mientras enterraban al presi. Tuve que ir a la comisaría por culpa de la radio de saliou que no le pertenecía y que yo había perdido, de la chaqueta de sory, y del pantalón blanco de «vengo de francia». Estaban además las denuncias de soulemane el palestino por su «vale», y la del estanquero a quien había hecho el honor de tomar prestados sus infectos puritos.

—¿No te da vergüenza que te traigan aquí mientras áfrica se dispone a acompañar a uno de sus más dignos hijos a su última morada? —me dijo el comisario.

Yo no acababa de ver la relación entre una vieja radio, una chaqueta, un pantalón, unos puritos y el entierro del PDG. Pero yo no era comisario, y aquél tenía fama de ser un sabueso particularmente tenaz. Aunque era sobrino del ministro del interior, sus enemigos aún no habían conseguido echarle de la comisaría.

—¿Quieres enterarte de cómo llora tu país a su responsable supremo? Escucha un momento.

Puso en marcha su pequeño aparato de radio. Chillidos, griterío. No se entendía al locutor que lloraba y quería hablar de todos los que lloraban, cosa nada fácil, sobre todo cuando hay que contar que todo se desarrolla con parsimonia y con dignidad, de riguroso blanco. En fin, hacía calor, mucho calor, no allá abajo sino en la pequeña oficina del gran comisario, y lo que yo quería contarle era la historia de la chaqueta, el pantalón y la radio.

—Señor comisario —empecé.

—Cierra el pico si no quieres empeorar tu caso.

Él tenía ganas de llorar. Se sonó en el bubú. Luego se quitó las gafas para frotarse los ojos. Es muy duro para un comisario demostrar que aún le quedan lágrimas. Yo no podía ser menos. Después de todo, era mi presi. Y además, unas lágrimas siempre llaman a las mías, como el bostezo o la risa. Lloré como si me hubiesen metido guindilla en los ojos y la boca. Afortunadamente, todo tiene un final. Nos cortaron la corriente y la radio enmudeció.

—¿Qué haría ese gran hombre si se enterase en este momento de que un guineano va a ir a chirona por abuso de confianza?

—No lo sé, señor comisario. Como dicen los blancos, se revolvería en su tumba.

Me daban ganas de añadir: pero como entierran a todo el mundo en un hoyito miserable, un pez gordo lo tendría difícil para revolverse. Aunque más me valía callármelo porque era la primera vez que lloraba a dúo con un comisario.

—Pero ¿por qué no quieres pagar a tus acreedores, cámara? Tú tienes buen corazón; acabas de llorar conmigo.

—Señor comisario, me atacaron de uno en uno, los muy cobardes. Si lo hubieran hecho en grupo, habría podido defenderme porque tengo redaños; yo no soy un cualquiera. Cuando sory me agarró del cuello, no hice nada. Cuando david me insultó, no hice nada. Cuando el palestino me amenazó con la navaja, tampoco hice nada. Pero cuando me maldijo el del tabaco, le mandé decir a los demás que no pensaba pagarles hasta que las trompetas despertasen a los muertos.

—Y de la radio de saliou, ¿qué me dices?

—No salían más que unos hipócritas que hablaban, señor comisario. Estamos a fines de mes y les pagaré en cuanto el patrón me haya pagado.

—Te doy cinco días, ni uno más. El miércoles por la mañana te presentas aquí para poner en orden tus asuntos.

Me levanté. Él, seguramente, tenía ganas de llorar un rato más. Le deseé un pronto restablecimiento de la corriente y me fui. El patrón estaba otra vez en forma y leía un periódico cuando entré. Albertine había dejado recado de que la llamase, mi hijo me buscaba, michel me invitaba a cenar, françois se empeñaba en que pasara el fin de semana con él en su cabaña de la playa, a quince kilómetros de aquí, el lunes la viejecita quería enseñarme sus estatuillas, el martes jacky me rogó que honrase con mi presencia su fiesta de despedida.

Y el miércoles por la mañana, el patrón se convertía en mi socio. Los militares estaban en el poder, apoyados por el pedegé. La gente me llamaba por teléfono y se agolpaba a la puerta de la oficina para felicitarme.

—Toma, esta vez es el comisario —me soltó el patrón alargándome el teléfono—. Pregunta si te manda detener o te presentas tú mismo en su oficina.

—Dígale que pasaré yo, o mejor que enviaré a alguien —respondí en tono de suficiencia.

—En este momento mi colaborador está recibiendo a algunas personalidades. Creo que quedará libre hacia el mediodía. Si se trata de algo urgente, puedo pasar yo mismo. Bien, hasta luego, señor comisario.

Me sonrió. Para él era un juego. Yo empezaba a asustarme. Se levantó y se desabrochó la chaqueta.

—Voy para allá, no tardaré mucho, y no te preocupes, resolveré tu problema en cinco minutos; no olvidemos que no eres un cualquiera —me dijo.

Me pregunté si no se estaría equivocando. Si tenía razón, era terrible. ¡Yo, un héroe libertador! ¿Qué más podía pasar? En una semana lo había visto todo oído todo bebido todo abrazado todo prometido todo y soñado todo. Y todo lo que había vivido en sueños se hacía realidad. ¿O era tal vez que yo sólo existía desde hacía una semana? Sin embargo, ahí estaba mori, mi hijo; pero ¿realmente me había ocupado de él? Había recorrido muchos países, pero en realidad no me había movido. Mis días y mis noches se confundían. Me había olvidado de contarlos. Creía que vivir era ante todo tratar de existir. Yo era un negro entre los muchos negros que reventaban a diario. Como se mata a los perros. Nadie tiene tiempo de preocuparse de eso.

¿Por qué se quedan con lo nuestro en los cubos de la basura se puede encontrar de todo pero el viento me ha citado aquí y he venido para ver dónde se detenía la gente al otro lado del muro de arcilla que me atrae de nuevo el viento pasa y no queda nada y luego vuelve para decir que ha pasado por otra parte no queda nada y luego os arrodilláis para preguntar al cielo si no hay nada y si dios es incognoscible dónde vamos a encontrarlo? No sabía que estaba en mí nunca he sentido otra cosa más que la ausencia de los demás.

—¿En qué piensas? —dijo el patrón al entrar—. Tu problemilla está zanjado.

—Se lo pagaré cuando cobre mes que viene.

—¡Es verdad! Todavía no te he pagado, mi querido colaborador.

Su manera de insistir en la palabra «colaborador» me hizo levantar la cabeza.

—Actualmente la compañía no va muy bien, cámara. Tú ya estás al corriente de todas mis dificultades. Pero si unimos nuestras fuerzas, estoy seguro de que algún día...

«Si unimos nuestras fuerzas», había insinuado. Encendí un cigarrillo para simular aplomo. Después de algunas caladas, me sentí ridículo y apagué el cigarrillo. Tenía que dar algo a cambio. Sólo los lisiados reciben sin poder corresponder.

–Patrón, no le prometo nada, pero...

–Cámara, si vamos a ser socios, empecemos a tutearnos; si no te molesta, por supuesto. ¿Qué estabas diciendo?

–Le prometo...

–Sobre todo nada de promesas, amigo mío –me interrumpió de nuevo–. No te estoy regalando nada. Mi compañía puede declararse en quiebra uno de estos meses. ¿Quieres ser patrón y compartir los riesgos?

¡Conque ésa era la promoción que me prometió en casa de albertine! Y yo que creía que pensaba contratar a un subcámara a mis órdenes que limpiase la oficina y empujase el coche...

–Acepto, como los militares de mi país que están en el poder desde esta mañana. Han esperado más de la cuenta, pero quizá tenían razón.

–Ésa no es una buena respuesta, cámara. Hasta un reloj parado tiene razón dos veces al día. Espero que ni tus militares ni tú lamentéis ese sí.

Pero para mí era una señal del destino. Como ellos, me había forjado esperanzas sin merecerlo. Mi día estaba naciendo y hoy todo era posible. Él seguía hablando de montañas de dificultades, de abrumadoras soledades, de miedos y ansiedades, de camas vacía y cabeza llenas. Yo, mientras tanto, pensaba que en mi nueva guinea convertirse en patrón era poder escoger tu propio amanecer sobre tu valle preferido, entre una tierra que te retiene y un cielo que te reclama.

Sonó el teléfono. Lo cogió él. Desnudé la máquina de escribir y, como de costumbre, empecé a soplar dentro. Mira por dónde el PDG, y tú también, mi pobre cámara, me dije.

Desde que era colaborador del patrón, mi salario no había cambiado ni tampoco, por otra parte, la situación de nuestra compañía de import-export. Soplaba menos en la máquina, contestaba más al teléfono y empujaba menos el coche. Cerraba la oficina un poco más tarde.

–¿Cuándo volvemos a casa? –me preguntaba binta, las raras noches que pasaba con ella.

–¿A guinea o a mali?

Desde la llegada de los militares al poder, se declaraba guinea-na. Al final me había quedado con ella a pesar de la desaparición de mi pato. Logró convencerme de que me alegrase de su muerte.

–Cámara, ese pato te daba mala suerte; desde que lo maté, guinea ha sido liberada y tú ya no eres un cualquiera, ni siquiera para los blancos.

Y era cierto, aunque yo no veía la relación entre mi pato y los militares. Quizá nuestros héroes habrían corrido el riesgo de ser detenidos por el PDG si le hubiese retorcido antes el pescuezo al bicho; además, yo le había dicho al gran michel: «¿Te das cuenta, querido amigo, de que el elefante de conakry me mandó a uno de sus morabitos para endilgarme un pato "amañado"?, menos mal que yo no soy un cualquiera». Me miró con cara de enterado. Era mi pareja en un juego en el que yo confiaba cada vez más.

–¿Cuándo vuelves a tu país? –me preguntaba mientras tanto albertine.

Cuando nos encontrábamos por la calle, se hacía la distante, pero en cuanto entraba en su casa se echaba en mis brazos.

–Mi mujer te ama, sobre todo no te sientas violento por mi presencia. Me gusta todo lo que hace. Así es el amor –me tranquilizó un día, albert.

Yo no entendía nada. Me explicó que era por una cuestión de diferencias culturales. ¡Y yo tan convencido de que los blancos eran como los árabes, que tiran de cuchillo en cuanto alguien mira a sus mujeres! A lo mejor estaba equivocado. Podía intentar comprobarlo con nicole, la mujer de mi ex patrón.

–Sobre todo, no te precipites –me decía mi colaborador y maestro de juego–. Siempre hay que dejar que las situaciones se decanten.

–Padre, me he enterado de que luchaste contra el PDG; ahora que se ha ido, ¿cuándo volvemos? –me preguntaba a su vez mi hijo.

–Hay que dejar que las situaciones se decanten, mori.

–Bueno, majo, en cuanto estés listo me avisas y volvemos juntos –me decía gnamankoroba.

–Espero a que las situaciones se decanten, boo.

–Pero si el pueblo está contento –proseguía–. Me paso todas las noches escuchando la radio guineana. Todo el rato tino rossi iglo egleciach enrico marchiache bob mariait orquestas zaireñas y cubanas. Tenemos que hacer ya las maletas. Todo está tranquilo.

–Es verdad que he empezado a preparar mi regreso –me decía ibrahim, el ex incondicional de seku–. Pongo un garaje. Tengo un hermano embajador que me echará una mano.

Y era verdad que todos los embajadores habían retomado sus puestos después de llorar al PDG y felicitar a los nuevos hombres fuertes. ¡Ah..., menudos camaleones! Yo también ponía la radio. Telegramas de apoyo. Esperaba que los militares no se hicieran con ellos unos bastones. Y la mayor parte procedía de los que siempre habían aplaudido al pedegé.

–Así es la política, cámara –me confiaba el gran michel–. Los cortesanos también tienen que hacer de enterradores. No los culpes. Cada cual se defiende como puede.

Yo lo escuchaba. Y me esforzaba por ver las cosas a su manera, a través del perdón. Cuando sonaba el teléfono, contestaba yo como vicepatrón, pero el patrón ni se inmutaba. Tal vez sabía que lo admiraba y le estaba agradecido por intentar sacarme de mi condición de cero a la izquierda. No quería decepcionarlo.

Desde entonces, cuando volvía a casa por la noche, hacía lo que él llamaba pasar balance aritmético y moral de la jornada, que consistía en separar lo positivo de lo negativo. Ya en casa, yo encontraba sobre todo aspectos neutros. Eran tantos que anulaban todo lo demás. Por eso, cuando tenía tiempo, me levantaba y me iba a tomar algo en casa de albertine antes de montarla, o me conformaba con binta, que había vuelto a coger el sueño desde que decidí quedarme con ella.

Por las mañanas me levantaba con la cabeza vacía, y la iba llenando durante el día de gestos mecánicos, sueños eróticos, proyectos ilusorios, frágiles ilusiones, falsas esperanzas y palabras inútiles. Ya en la escuela, era capaz de hacerlo todo con ceros: coches, monigotes, árboles, pájaros, casas, patos...

–Sobre todo nada de complejos, amigo mío –proseguía–. Yo no sé nada de la vida porque no conozco la muerte. Lo negro y lo blanco van juntos, como lo positivo y lo negativo. Y no hay día sin su noche.

–¿Y el cero?

–Sé que hay ceros positivos y ceros negativos. Incluso se ha inventado el neutralismo positivo. Pero el cero no existe. Es una invención del hombre. Y eso explica que tardara tanto en descubrirlo. El infinito es lo que siempre ha llevado dentro, lo que no significa que él mismo sea infinito.

»¿No sale acaso el baobab de una semilla minúscula? Y los pequeños arroyos forman los grandes ríos. El hombre dio con el cero cuando necesitó justificar la muerte de su semejante.

Todo aquello era hermoso y yo le escuchaba atentamente, pero tenía la impresión de que el patrón desbarraba un poco. Quizá porque, como dicen en mi tierra, el cuchillo no puede cortarse a sí mismo y la antorcha sólo alumbra a los demás. Mi ancestro gongodili decía: «No puedes ayudarme si tienes menos mujeres que yo».

–Amigo mío, no sé cómo explicarte todo esto. Son lugares comunes, pero no creo que el deber del hombre sea buscar frenéticamente cosas nuevas. Mira a occidente.

Yo miré a occidente pero sólo reencontré mi viejo sueño de ir allí a acariciar rubias mucho más rubias que las de «vengo de francia». Me volví. Pero del este me llegaba confusamente la presencia de los adoradores del hombre entre crecientes súplicas. Me levanté y abrí la ventana. El sol se ponía entre nosotros y nos separaba.

–... Allá abajo, ya no habrá sombras. ¿Sabes que las fotos de los ahorcados del PDG tenían sombras? Yo vi algunas fotos. Seku nunca debió darse cuenta, si no... No se mata fácilmente a una sombra. Hacen falta otras luces, otro sol, y cuando se consigue, la sombra ahuyentada se eleva y oscurece un poco más el cielo.

Cuando intuía mi tedio, cambiaba bruscamente de tema.

–¿Has ido al puerto a por el pedido?

Sí, había ido, pero todo era demasiado lento o demasiado caro. Todo el mundo hablaba de la coyuntura. Y cuanto más se hablaba de ella, más costaba definirla. Al principio, gnamankoroba me aseguró que era un monstruo prehistórico al que habíamos despertado con nuestros interminables gritos de guerra. Prometió describírmelo algún día. Los demás acusaban indistintamente a los libaneses, al dólar, a irán, al deterioro de las condiciones de intercambio, a las inundaciones, a las sequías, a la natalidad galopante o a la mortalidad creciente. Cada vez venían más expertos, cada vez más extranjeros con soluciones cada vez más extrañas que alimentaban a la insaciable bestia.

No mencionábamos jamás la cuenta de la compañía, que se iba vaciando. Un día traté de abordar el tema, pero él se limitó a preguntarme que cuándo me iba a guinea, antes de aconsejarme:

–Espera un poco más. Los héroes nunca llegan antes de la fiesta– y luego agregó–: Michel ha despedido a su *boy* porque le llamó pequeño Michel.

¡Pobre alí babá! Si se hubiera dado cuenta de que para mí mi Michel era grande.

Y esperé, pero con algunos hábitos nuevos. Dormí dos o tres veces en casa de albertine. Me mudé a una casa más bonita, con una gran sala al fondo de la cual se alineaban en algunos estantes todos los libracos viejos que me dejaba mi colaborador, más las obras que tomaba prestadas del centro cultural francés y no me acordaba de devolver. Había de todo; yo no entendía gran cosa, pero me producía un gran placer que alguien me sorprendiera leyendo. Me había comprado unas gafas de cristales incoloros, parecidas a las de mi colaborador, que era miope. Me las quitaba y respondía al intruso: «No, no es que me molestes, pero...», y doblaba la esquina de la página. Pronto empezaron a llamarme cámara *toubabou*, «el blanco», y mis compatriotas aprendieron a respetar mis tardes de lectura; vaya, que dejaron de visitarme. En la calle, nos saludábamos con la mano. No podían entender que yo no era un cualquiera. Pero nadie es profeta en su tierra y ese pensamiento me reconfortaba, lo mismo que los abrazos de albertine que cada vez más a menudo concluían con: «Cámara, júrame que en cuanto estés en guinea nos llamarás a albert y a mí. Puede que te hagan embajador o incluso ministro. Te quiero». Yo la tranquilizaba sobre mi hombro de conquistador, pero olvidaba contarle que los militares habían puntualizado que no compartirían el poder con nadie.

Todo estaba tranquilo, tanto aquí como allá. Pasaba las noches escuchando la radio guineana. Habían soltado a los antiguos detenidos del famoso camp boiro, que no tardaron en soltar sus lenguas. Lo que contaban no me dejaba dormir. Solía hablar de ello con el gran michel.

–Nosotros, los europeos, armamos una escandalera cuando ocurre algo en el este; si lech walesa se acatarra lo elevamos a la categoría de mártir. Que el negro devore al negro, en cambio, no nos viene mal. Sé que es repugnante –me respondía.

Nuestra pequeña compañía de import-export seguía siendo una pequeña compañía. Y yo seguía esperando no se sabe qué, hasta que un día...

Todo sucedió en una mañana: vi a gnamankoroba con una mejilla hinchada y un ojo morado; el palestino había logrado por fin arrancarse toda la uña de un dedo con un alarido de animal desollado, y lloviznaba cuando me trajeron el telegrama. Lo leí y se lo pasé al colaborador. En cuanto se puso al corriente, me preguntó qué pensaba hacer. No lo sabía. Lo leí de nuevo. «Tía fallecida si puedes ven enseguida. Firmado: laye.» Había perdido todo contacto con aquella tía que, en cierto modo, me había criado y a la que yo, en cierto modo, había querido. Se hizo empresaria y de vez en cuando me enteraba de que la habían detenido por sus trapicheos; nada grave, porque no se metía en política y siempre había sido partidaria del pedegé.

–Si quieres, puedes irte a casa, cámara. Te acompaño en el sentimiento.

Puse cara de pena. Me levanté.

—¿Quién es ese laye?

—¡Ah! Una especie de primo. Me escribe mucho, pero yo nunca le he contestado.

Salí. Fuera hacía calor. Me fui para casa y encontré a binta limpiando la sala. Se había convertido en puntillosa ama y señora desde el traslado a la casa grande y, sobre todo, desde que le transmitía las lecciones de amor de albertine.

—¿Estás enfermo? —preguntó.

Por toda respuesta, le largué el telegrama.

—¿Malas noticias?

Adopté un aire afligido.

—Lo sabía —prosiguió devolviéndome el papelito—, los telegramas nunca traen nada bueno. ¿De quién se trata?

—De una tía.

También me preguntó qué pensaba hacer. Me limité a ir a la cocina, donde bebí un vaso de agua fresca que rematé con una cerveza. Luego regresé al salón tratando de poner cara de circunstancias. Pero me vino a la memoria una declaración del PDG: «Los enemigos de guinea tienen motivos para temblar. Yo mismo estoy condenado a morir el día que deje de actuar».

Sonreí a mi pesar. Binta me estaba mirando. Recuperé rápidamente el semblante enlutado.

—No le digas nada a mori —le advertí al salir.

El gran michel estaba al teléfono. En cuanto me vio, me dijo por señas que me acercase y cogí el aparato. Era albertine. Quería verme. Le prometí que pasaría, y colgué.

—Toma, cámara. Léetelo y dime qué te parece.

Agarré los pliegos.

–¿Qué es esto?

–Ya sabes: lo de nuestra sociedad; hace un par de días fui a ver a mi abogado. Nosotros lo ponemos todo por escrito; nunca se sabe.

Lo leí sin acabar de entenderlo. En líneas generales ponía que en lo sucesivo la compañía nos pertenecía a los dos. No tenía más que firmar. Así, pues, me asociaba realmente en todos sus negocios, incluso estaba autorizado para echar mano a la caja.

–Si quieres, puedes llevártelos a casa, para estudiar si te conviene.

Volví a sentirme tan emocionado que empecé a hablarle otra vez de aquella pobre tía a la que había tratado tan mal.

–No lo lamentará, patrón. Mi tía era una mujer formidable, inmensamente rica, y me adoraba como al hijo que nunca tuvo. Ha debido de dejarme algo; tengo que ir.

Y punto. La decisión de volver a guinea estaba tomada.

–Todo eso no tiene nada que ver con nuestra asociación –me respondió–. Puedes irte cuando quieras, pero no te olvides de volver, sea cual sea tu herencia.

Por la noche, informé a binta y luego a albertine, con la que pasé la noche. Al día siguiente, lo sabía toda la ciudad. Acabé la jornada corriendo de agencia de viajes en agencia de viajes para comparar tarifas. Nunca había volado. Quería ir a conakry en un avión muy grande, lo más grande posible. Al fin y al cabo, yo no era un cualquiera. Después, fui al centro cultural para documentarme sobre los accidentes de avión y encontré un manual que daba consejos sobre cómo salir del aprieto cuando vuestro avión explota en el aire o cuando notáis que está cayendo como una piedra. Se ve que los pilotos no avisan nunca a los pasajeros para no inquietarlos. El manual recomendaba indistintamente: ponerse en posición fetal, estrangular al piloto, maldecir a la compañía, negar a la muerte o, si no creéis en nada, rezar.

Me pregunté por qué no repartían paracaídas a los pasajeros. ¡Qué le vamos a hacer! Iría de todos modos, con paracaídas o sin él. Compré dos billetes, para mi hijo y para mí, y fijé la fecha. Mori no había visto nunca su país de origen. Me tomé un pastís para hablarle de nuestra patria. Me parece que al principio me embrollé un poco. Le hablé de samory, de los colonos, del PDG, de la independencia, del exilio y de la llegada al poder de los militares, confundiendo las fechas, las víctimas y las responsabilidades. Y después le hablé de geografía.

–El mismo PDG decía que guinea es un escándalo geológico –comencé.

Él me iba llenando el vaso conforme hablaba y, conforme lo hacía, yo iba encontrando argumentos para describir guinea como un paraíso natural. Binta vino a decirnos que la cena estaba lista.

–Regresamos dentro de cinco días, mori, y en avión –concluí.

–Eso va a salir caro, cámara –dijo binta.

–Si hace falta, me gastaré todo el sueldo allí –exclamé–. Tú todavía no habías nacido cuando decidí exiliarme.

No había olvidado lo del pato, y ella lo sabía. Se calló.

–Si queréis comer, adelante –añadí de mal talante–. Yo no tengo hambre.

Mori ya se había levantado. Apenado, le vi entrar en la cocina delante de binta. Ya no sabía qué hacer con aquel hijo que sólo escuchaba a su estómago. Aparté de él mis preocupaciones para tratar de pensar en tía fanta. Pero todo lo veía plano por ese lado, mis pensamientos no hallaban dónde agarrarse. ¿Por qué me pedían que fuera? ¿Acaso era una broma de mi primo laye? De ése sí que me acordaba bien. En la escuela, cuando el maestro lo castigaba y lo ponía de rodillas al final de la clase, se acuclillaba para mear o cagar. Me escribía desde dondequiera que iba, y firmaba las cartas: «preparado para la revolución». Siempre me he preguntado cómo se las arreglaba para conseguir mi dirección. Había llegado a presidente del comité de nuestro barrio tras acosar durante mucho tiempo a los traficantes en el seno de la milicia popular. Un día me escribió para anunciarme que se casaba con saran, la niña que todos cortejábamos. Saran era guapa y simpática. ¿Qué habría sido de ella? ¿Qué habría sido de laye? ¡Bah! Lo sabría dentro de cinco días. Decidí enviarle un telegrama al día siguiente para anunciarle mi llegada.

Mi partida debió parecerse a la del ayatolá cuando embarcó hacia irán. Tenía alrededor a todos mis fieles: el pequeño michel, françois, albert y albertine, bernard, léon, y también algunos compatriotas como gnamankoroba, brahim y barry. Unos y otros me hacían jurar que volvería con noticias frescas de la nueva guinea. Lo prometí todo, incluso ir a ver al petardillo de hermana de gnamankoroba que vivía en un rincón aún inexplorado entre liberia y guinea.

–Te casas con ella y me la traes –gritó el «majo» para cubrir las voces de despedida y el ardor del pequeño aeródromo.

Albertine y binta se volvieron en un mismo impulso y tuve que abrazarlas de nuevo con renovados juramentos de fidelidad. Poco después, un policía de potente voz de almuecín anunció la salida.

Me aferré a los brazos de mi asiento y cerré los ojos. Tenía miedo de que el suelo se despegase en medio del cielo. Todo transcurrió sin novedad y no volví a abrir los ojos hasta dakar.

–¿Te pasa algo, mori? –le pregunté a mi hijo. El imprudente estaba dispuesto a pasarse el resto de su vida a bordo de aquel ridículo montón de chatarra.

Tras las formalidades de policía y aduana, decidí alojarme en un hotel de la ciudad, como un blanco de verdad. Al fin y al cabo, yo no era un cualquiera. Llamé a un taxi.

–¿Cuánto, a la ciudad?

–Seis mil francos, jefe.

–¡Pero si en el aeropuerto ponía que dos mil trescientos!

Ya estaba cargando mi gran maleta de cartón vacía y la pequeña bolsa de viaje de mori en el maletero.

–Eso para los viajeros que no llevan nada.

–¿Sabe usted de alguien que viaje sin equipaje?

–Los bebés, tal vez –dijo sonriendo.

Estábamos frente a frente a ambos lados del maletero cuando de repente me fijé en el estado del coche. Parecía esa clase de vehículo que suele dibujar un niño de párvulos. ¿Cuántos peatones habría atropellado y en cuántos muros se habría empotrado? Hasta las ruedas parecían descolocadas.

–Dos mil trescientos es para los pasajeros en pelota y afeitados –puntualizó–. En senegal todo lo que el hombre lleva se paga. Desde los calzoncillos hasta el pelo.

Me parecía simpático, pero peligroso. No quise meterme en rollos de política.

–Pongamos cuatro mil. Todos somos hermanos –dije–. La OUA...

–La OUA es una mierda –me interrumpió–. Ellos son los que han matado al gran PDG.

–El PDG era una mierda –le respondió mi hijo.

Le reprendí con la mirada.

–Vale, lo dejamos en cuatro mil –dijo el taxista–, al fin y al cabo todos somos africanos explotados.

El trayecto del aeropuerto a la ciudad es largo, pero con él se hizo interminable. El motor gruñía, se ahogaba, y recibíamos violentos trompazos en el culo.

Y por fin, porque todo tiene su fin, llegamos a la ciudad. Nos dejó delante de un hotel.

–No es caro, está en el centro de la ciudad, al lado de la central de correos y del mar, y está climatizado.

En fin, todo eran ventajas.

Le pagué y, para desdicha nuestra, le pedí que pasase a recogernos a las cinco de la tarde del día siguiente para volver al aeropuerto. El enlace con conakry era a las siete. Nos asignaron una habitación en el cuarto piso y seguimos al gerente. Nos abrió la puerta y dio la luz.

–La cama es muy grande y muy buena, patronos –nos aseguró.

Era verdad que la cama ocupaba la mitad de la habitación, pero estaba tan hundida como una hamaca.

–Los lavabos están al otro lado.

Le seguí. Primero llamó a la puerta y esperó antes de abrir.

–¿Hay alguien? –le pregunté.

–Es por las cucarachas. Si se entra de golpe, se te echan encima. Pero fíjese, no se portan mal.

Introduje la cabeza con precaución. Se habían reagrupado todas en un gran montón negro bajo el lavabo.

–¿Se les puede dar los buenos días? –dije.

–No entienden el francés, patrón. Para el agua, tienen que esperar a que todo el mundo se acueste. De todas maneras esta esquina está muy animada por la noche. Os despertarán. Abajo hay un club nocturno tremendo. El desayuno se sirve a las siete.

No me atreví a preguntarle si servirían las cucarachas en el pan o molidas con el café.

–Bueno, pues me parece que ya está todo. Se paga por adelantado. Son cuatro mil. Lo toma o lo deja.

–¿Y el aire acondicionado?

–Abrís las ventanas.

–¡Pero si ya están abiertas!

–Hay que esperar un rato. Ahora hay muchos barcos grandes al otro lado y eso no deja pasar las corrientes de aire. Bueno, pague que tengo que bajar.

Le pagué y bajamos juntos. Quería ver dakar y enseñársela a mi hijo. Pero de repente me sentí cansado.

–Vamos a comprar un espray para las cucarachas y los mosquitos, y nos subimos a dormir, mori. Mañana tenemos que estar en forma para conakry, laye ha debido de recibir mi telegrama –le dije al chico.

–Me gustaría comer algo, padre –protestó.

Cerca de allí vendían brochetas de carne. Compré diez, y volaron. Diez más sufrieron la misma suerte. El chaval empezaba a ponerme los nervios de punta.

–¿No tienes sed? –le pregunté.

–Estas brochetas son tan pequeñas –se quejó.

–Bueno, un turno para cada uno –sentencié.

Lo llevé a rastras a un bar y me obsequié, una tras otra, con tres cervezas.

–¿Tú no tienes hambre, papá? –me preguntó.

–Hay que volver –decidí.

Compré un espray y volvimos al hotel.

–¿Cómo se llama este hotel? –le pregunté al gerente.

–Pronto cambiará de nombre, patrón, en cuanto acaben de demolerlo. No lo olvidéis, estáis en el cuarto –prosiguió entregándonos la llave–. Los clientes se confunden de puerta y de piso porque todas las llaves son maestras.

Luego volvió a su periódico. Le dije a mori que me precediese y le di el espray. Quería saber algo del senegal.

–¿Eres uolof, verdad? –comencé, con el tuteo de la presunción.

–Soy guineano, patrón.

Lo examiné de cerca. La verdad es que parecía un peule, pero no todos los peules son guineanos. Creyó que me interesaba por su periódico.

–¡Ah..., si «double-less» no tuviese la rodilla lesionada! –exclamó levantando la cabeza–. ¡Un coloso semejante, tan alto como de gaulle y con unas espaldas como idi amín dadá!

–Yo también soy guineano –dije, como si fuera una contraseña–. ¿Tienes noticias del país?

–Mi hermano, que estuvo por allí la semana pasada, me dijo que todo va muy bien. Pero queda mucho por hacer. Yo, de los militares, lo primero que haría es reorganizar la lucha para que toda áfrica conociera a nuestro «double-less».

Parecía convencido. Yo le escuchaba distraído. De repente, se interrumpió. Estruendos de lucha hicieron temblar todo el edificio, como si diez «double-less» se estuvieran peleando, y de pronto apareció mi mori, el gordinflón, corriendo escaleras abajo, sofocado.

–Papá, quieren devorarme.

–¿Las cucarachas, verdad? –dijo el gerente sonriendo–. Venga, pásame el espray.

–Sólo he rociado una vez –prosiguió el mocoso.

–Bueno, todo tiene arreglo –aseguró mientras guardaba el insecticida bajo el mostrador–. Sentaos un rato hasta que estén seguras de que no volveréis.

Luego cogió unas tijeras y se puso a recortar la foto de su ídolo.

–¿Tienes un sable? –le pregunté–. No tengo nada contra las peleas, pero nunca me he medido con una cucaracha.

Alzó de nuevo la cabeza.

–Con cincuenta kilos y cincuenta centímetros más, habría sido usted un buen «double-less» guineano –me dijo.

–Algún día tendrías que invitar aquí a tu montaña de músculos.

–«Double-less» no se atrevería a venir, patrón. Él puede ser el más grande luchador de áfrica, pero nuestras cucarachas no son unas cualquiera.

A las tres de la tarde, encontré al taxista con la cabeza bajo el capó. Sonrió al verme.

—Es un poco pronto, jefe, pero no he dejado de pensar en usted. ¿Ha pasado una buena noche?

—Y bien pasada que está, entre las chinches, las cucarachas y las putas que pregonaban sus habilidades o su tarifa.

—Ya le dije que no era caro.

Desistí. No estábamos en la misma longitud de onda. El gerente asomó la cabeza.

—Boubacar, como de costumbre —dijo el taxista señalándolo.

—Todo a punto —aseveró boubacar regresando a su oficina.

—Bien, ahora vuelvo. Mi hijo bajará el equipaje. Voy a dar una vuelta.

Me apetecía comprar unos cómics. Una hora más tarde, volví con un botiquín, un *monde* y un *jeune-afrique* para no parecer un cualquiera. Mori estaba sudando.

—Papá, me van a matar —se quejó mostrándome varios bidones alineados—. He tenido que acarrear todo eso.

—¿Traficáis con gasolina o qué? —protesté.

–No es más que agua, patrón –dijo el conductor–. Se calienta un poco el motor.

¡Qué optimista! Había para apagar todo dakar.

–Sus maletas ya están en el maletero, patrón. Cargamos todo eso en el techo y nos vamos –prosiguió, haciendo señas a mori para que se acercase.

–Demuéstrale que puedes ser el futuro «double-less» –lo animé.

El chico me miró con cara de animal camino del matadero.

–Después te compro un sándwich de crema de cacahuete –añadí para conformarlo.

Cuando todo estuvo a punto ya eran las cinco y media.

–Esta vez te doy tres mil –le dije al taxista al subir.

–¿Y eso por qué, patrón?

–Porque tú lo has dicho: aquí todo lo que se lleva se paga. Fíjate en la cabeza de mi hijo, aplastada por tus bidones de agua.

–Vale –asintió–. Ya veremos luego.

Luego fue un infierno. El motor se tragó los centenares de kilos de agua que llevábamos mucho antes de alcanzar la mitad del trayecto. Ya eran las seis.

–No hay que desanimarse –dijo el taxista–. Al final llegaremos. Alá es grande.

–Y tú te aprovechas de eso –lo corté.

El motor se caló. Él pegó un brinco con el bubú recogido en abanico a una muñeca y abrió el capó. Oí un ruido como de ventilador. Saqué la cabeza por la portezuela. Era su brazo lo que agitaba el aire. Un tipo como ése podría hacer a nado la travesía dakar-nueva york en menos de veinticuatro horas.

–¿Sabes nadar? –le pregunté.

–No me gusta el agua, jefe.

Una medalla olímpica que perdía senegal. Y aquello seguía haciendo fiuutt fiuutt bajo el capó. Quince minutos después, arrancábamos de nuevo. Pero un kilómetro más allá, un estruendo como de pequeño volcán en erupción sacudió el coche.

–Empujemos un poco –nos sugirió.

Y empujamos otro kilómetro más. Adivinaba los rostros burlones en los coches que nos pasaban. ¡Quién diría que yo no era un cualquiera! Mori estaba consumido, irreconocible. Sólo se salvaron sus mofletes de adolescente aficionado a las chucherías.

–Si soplamos un poco, andará –nos confió el taxista.

Soplamos un poco y arrancamos de nuevo. El motor volvió a estornudar.

–Con tal de que lleguemos, allí hay un policía.

–Espero que esta vez empuje él.

–No, mi coche le tiene miedo a los policías. Nunca se para delante de uno.

Conocía el fenómeno. Siempre se le pasa a uno el dolor de muelas cuando ve al dentista.

–No cumple la reglamentación –añadió.

–¿Es que no ha pasado nunca la revisión?

–¡Él no, pero mi cartera sí!

Dejamos atrás al guripa sin problemas. Pero habríamos necesitado a toda la policía de senegal para que nuestra máquina de vapor llegase al aeropuerto. En cuanto perdimos de vista al agente, se negó a avanzar. Eran las seis y cuarenta y siete.

–¿Falta mucho? –pregunté.

–Un poco, jefe. Unos cinco kilómetros.

—Mori, cogemos las maletas y seguimos a pie —ordené.

—Papá, jamás llegaremos a tiempo. El avión despega a las siete.

—Todo está previsto —le dije sentenciosamente—. Haremos como que nos vamos.

—Inch alá, llegaréis a tiempo —nos aseguró el taxista.

Acodado en la portezuela, había abandonado la partida. Le miré; me sonrió.

—Es la primera vez que me pasa, jefe —me juró—. Aunque no lo parezca, es un buen coche. Hace quince años que nos mantiene a mí y a mis ocho críos. Si queréis, os espero a la vuelta de conakry.

Le di su dinero, me cargué la gran maleta vacía sobre la cabeza y di la señal de partida para la larga marcha. Ya era casi de noche cuando entramos en el aeropuerto. Air-afrique llevaba cuatro horas de retraso. Estuve a punto de exclamar: ¡bien por air-afrique!, pero tuve que renunciar al ver la cara de dolor de los que llevaban toda la tarde esperando.

En la sala de espera, la gente se impacientaba. Encendí un cigarrillo dándome aires de importancia y me senté con mis periódicos al lado de una gorda mestiza que soltaba silbiditos al respirar. Me fulminó con la mirada a causa del cigarrillo.

—¿La molesto, señora? —pregunté.

—Al contrario. Acabo de terminar mi paquete. Hace mucho que deberíamos estar en conakry.

Le ofrecí un cigarrillo. Así fue como conocí a béatrice. Se dedicaba a los negocios, como yo, sólo que era ingeniero de inventos. Sí, eso existe. Me presenté como investigador sin especificar qué investigaba, como todo el mundo. Era medio antillana, la otra mitad correspondía a un francés. Señora, yo soy guineano, es decir, lo era antes de volver a serlo gracias a la muerte del PDG. Ella había conocido a varios guineanos cuando era estudiante en la facultad de ciencias de París. Pero si a lo mejor nos hemos conocido antes, señora, yo también estudié allí. Me preguntó mi nombre después de decirme el suyo. Vamos a tomar una copa, béatrice, me paso la vida en los aviones y sé que la salida va para largo. Además, ya lo ha visto usted, he venido tarde a propósito para llegar con tiempo. Bueno, mori, tú vigila nuestros bártulos y cuidadito con los caramelos.

En el bar, pedí dos cervezas. Es buena, béatrice, tiene vitamina B, y eso es bueno para el sistema nervioso, lo mismo para el investigador que para la inventora. Me reveló que iba a conakry para presentar sus últimos inventos a las nuevas autoridades. Había puesto a punto un pequeño artilugio electrónico que se sujetaba a la cuna y aullaba en cuanto el bebé se despertaba, y también otro artilugio que se ponía en el motor para ahorrar gasolina, pero antes había que instalar un carburador especial, un poco más caro que los demás, pero sale a cuenta, cámara, te das cuenta a los diez años de usarlo; también tengo algo para los fumadores como tú y como yo, algo que te interesa, ¿no te parece formidable mi pastilla que se mete en la boca y perfuma el humo que se exhala? Tengo montones de inventos como ésos, y un país como guinea, destruido a lo largo de un cuarto de siglo, no podrá por menos que beneficiarse con ellos.

–¿No ha inventado nada para la cerveza? Algo para hacerla más gaseosa, más ligera.

–Pues mira, eso es interesante –dijo.

–Dos cervezas más –pedí a gritos.

Me sentía otro. Habría saltado sobre ella para desnudarla y ver, o más bien poseer, lo que ocultaba. El gran michel, mi educador, siempre me había asegurado que la gente habladora tenía necesidad de dar o de recibir.

–Por cierto, cámara, usted no habla mucho de sí mismo.

–Estoy pasando por una etapa en la que me pongo en cuestión –respondí mientras la servía.

–Ya veo –dijo ella.

–Espéreme un minuto, béatrice.

Bajé del taburete y fui al *free-shop*. La dependienta tuvo que aclararme un buen rato que el encendedor de oro, el lujoso pañuelo, los cinco cartones de cigarrillos y los tres relojes electrónicos que había cogido no estaban incluidos en el precio del avión.

–Esto es un robo, señora. Pero será el último robo de air-afrique porque pienso elevar una queja; yo no soy un cualquiera.

No me calmé hasta que vi a béatrice que me sonreía desde el otro lado.

Y por fin embarcamos. Béatrice se puso detrás de mí en la cola delantera, a la altura de mori, que arrastraba su bolsa de viaje y el maletín de mi nueva amiga. Allí guardaba los pequeños artilugios cuya primicia reservaba a los guineanos. No me digné tocarlo porque yo no soy un cualquiera y no puedo llevar veinte kilos colgando del brazo. Al otro lado, entre los que tenían pasaje de primera, reconocí a un antiguo compañero de colegio. Siempre había sido el último de la clase, pero con el PDG se había convertido en una especie de director de gabinete. Ya se sabe, los últimos serán los primeros. Mi compañero había engordado tanto que se le habían puesto el culo y los melones como los de una matrona. Pero seguía teniendo cabecita de cangrejo.

–¡Alassane, alassane! –grité, contento de reconocerle.

Ni se volvió.

–¿Lo conoce? –preguntó béatrice.

–Pues claro que lo conozco. Era yo quien le ayudaba a hacer los deberes en el instituto. Pero ahora se las da de listo. En cuanto lleguemos a conakry, avisaré a las autoridades de que todavía quedan bribones que se pasean en primera a costa de los guineanos.

–¿Conoce a los nuevos patronos?

Era más una afirmación que una pregunta. Cuando la miré, noté que había subido un grado en su estima. Mori ponía cara de niño mártir con el maletín de béatrice tirándole de las manos hasta las rodillas.

Me instalé con autoridad a su lado. El avión zumbaba. Abrí mi *jeune-afrique*. Ella cogió su *monde*. Lo hojeé, pero lo que de verdad quería era tocarle el brazo y aferrarme a él antes de colgarme de su inmenso pecho maternal para librarme de la angustia y del miedo a volar. Aquel avión era demasiado grande. Si se caía no tendríamos la más mínima oportunidad.

–¿Sigue prohibida *jeune-afrique*? –preguntó.

–Ahora es más bien como un pasaporte para el país. Siradiou *diallo* fue condenado a muerte por el PDG. Como yo, vaya –mentí para darme importancia.

–Bueno, nos vamos –se limitó a decir, como si estuviera acostumbrada a viajar con ex condenados a muerte.

Cerré los ojos y traté de hacer el vacío en mi interior. Aunque la primera operación fue un éxito, me resultó prácticamente imposible llevar a cabo la segunda. Los blancos tienen razón cuando dicen que la naturaleza aborrece el vacío. Mi corazón empezó a tocar el tam-tam, mis dientes castañeteaban y mis orejas vibraban. Me había convertido en una orquesta. Pero de pronto volvió la calma. Béatrice contemplaba una foto.

–Es mi hija. La adoro, pero me da muchos quebraderos de cabeza. Sostiene que no es francesa porque nació en martinica y vive con un músico de zanzíbar: borracho por la mañana, colocado por la noche y rasta a jornada completa. No sé de dónde han sacado el tiempo para hacer tres chiquillos en dos años. ¿Le estoy aburriendo? Hábleme un poco de usted.

Encendí un cigarrillo. Mi historia de ex condenado a muerte ni siquiera la había conmovido. Tenía que impresionarla.

–Béatrice, la verdad es que yo no soy un cualquiera –le confesé–. Pero no se lo digas a nadie. He estado en la oposición desde mucho antes de nacer, antes de que el PDG tomase el poder. Cuando mi padre era todavía un niño, le predijeron que tendría un pequeño que nunca estaría de acuerdo con los grandes. En aquellos tiempos, los hombres veían el futuro con claridad porque nadie les había enseñado todavía a matar el tiempo con relojes. Cuando no corres tras el tiempo, el tiempo se para y viene a buscarte. Voy a contarle una historia verídica que todo buen kankanés debe conocer. Yo soy de kankán, la ciudad mártir, cuna de grandes guineanos como el santo jerife sékouba.

Me callé. Se había metido los índices en las orejas. Me miró sonriendo.

–Estaba usted contando cosas interesantes. Pero espere un poco antes de seguir, creo que estamos pasando una zona de turbulencias.

Aquella gorda pava empezaba a exasperarme. Me levanté y ella me siguió. En cuanto llegamos junto a los lavabos, donde venden las bebidas, la dejé pasar delante porque el antepasado gongodili siempre nos aconsejó: «Si quieres ver a una mujer, no la mires a la cara». Por detrás, béatrice era jorobada, seguramente porque su poderoso pecho la encorvaba. Se ve que las jorobas traen suerte, de manera que le toqué la base del cuello; era su punto sensible.

–Me hace daño, cámara. No apriete tan fuerte, me parece que

anoche dormí mal. No me gustan las almohadas y en mi habitación no había otra cosa.

–Mejor eso que las cucarachas.

–Yo las adoro.

Delante nuestro había una señora que compraba, compraba... cigarrillos, puros, perfume, alcohol, pañuelos, gafas, encendedores, estilográficas.

–Quiero quedar bien con mis futuros amigos de conakry –se creyó obligada a precisar.

Bienaventurados los pobres guineanos olvidados del mundo desde hacía tanto tiempo porque iban a caerles amigos del cielo.

Yo no llevaba nada. De todos maneras, había previsto la contingencia. Le diría a todos que la aduana me había confiscado mis cosas.

–¿Qué impresión le produce volver a casa después...

–Después de más de veinte años –rematé.

–Vaya, nos toca a nosotros –dijo–. Adelante, yo voy cinco minutos al lavabo a arreglarme el pelo.

La tal béatrice era realmente de armas tomar. No salió hasta que hice todas mis compras, o sea, treinta minutos más tarde. Una botella de champán y una muñeca africana. No tenían chicle para el chico.

–He pensado en nosotros –le anuncié mostrando el champán–, y en usted –ofreciéndole la muñeca.

La volvió del derecho y del revés acariciándole el pelo trenzado a lo rasta. Debía de recordarle a su hija, y a mí me encantaba poder ofrecerle a una mujer un hijo menos cargante que mi mori, de morros en su rincón.

–No sé como agradecérselo, cámara.

Como si hubiese diez mil maneras de dar las gracias a un hombre que te corteja.

Por toda respuesta me encogí de hombros, como hizo el patrón cuando le juré gratitud el día de mi ascenso. Entonces se inclinó y me dio un besito en la mejilla. Recordé a binta, que jamás me dejó besarla, y a albertine, que no besaba, succionaba. Ambas empezaron a saltar en mis pensamientos como una pelota. Al poco rato todas las chicas que había conocido y las que había deseado se unieron al juego dentro de mi cabeza y aquello fue la barahúnda. Yo era el árbitro y hacía trampas; me abucheaban y me aplaudían.

–Me estaba diciendo que procede de kankán.

–La verdad es que quería contarle una historia –le respondí, con el champán encajado entre los muslos mientras me preguntaba cómo se las arreglan los blancos para descorcharlo sin el menor esfuerzo con aquel suave taponazo prometedor.

–En kankán, como algún día descubrirá, usted que anda en la investigación, un kankanés descendiente de gongodili no es un cualquiera. El PDG nos hizo la guerra, pero kankán lo ha enterrado. Kankán siempre ha tenido más previsión política que el resto de guinea. Mira lo que te digo. Mucho antes de que nadie hubiese oído hablar del PDG, en nuestra región vivía un elefante, un elefante furioso que atacaba a las mujeres y a los niños. La población de la zona estaba aterrorizada porque, a pesar de la destreza de nuestros grandes cazadores, él se salía con la suya. Entonces nuestros mejores morabitos se pusieron manos a la obra con aquel elefante que no era como uno de verdad y dieron balas-amuleto con grisgrís a los cazadores para que capturasen al animal maldito. Pero lo único que consiguieron fue herirlo y ahuyentarlo. Entonces nuestros morabitos convocaron a toda la población y su jefe habló: «guinea conocerá a un elefante que la pondrá de rodillas. Yo soy demasiado viejo para ver ese tiempo pero os compadezco, niños que me estáis escuchando, pues buscaréis la luz y el elefante maldito os la ocultará. Durante su reinado, levantará una montaña de sombras de guineanos asesinados, aunque os hará creer que es su sombra protectora. Pero su montaña se derrumbará. Lograréis herirlo, pero se alejará para morir en otra parte y jamás veréis su cadáver. No habéis sido capaces de traerme el cuerpo del elefante satánico. ¡Malhadados seáis!, que alá os ayude».

»Unos meses más tarde, nos enseñaron la tarjeta del PDG con el dibujo de un elefante. Había nacido el elefante maldito. Los kankaneses comprendimos enseguida lo que nos esperaba.

En ese momento ella me estrechaba el brazo que sostenía el champán. ¿Lo hacía para ayudarme a descorcharlo, o para compartir mis emociones kankanesas?

–La vida es dura –concluí, pasándole la botella.

Le dio vueltas rápidamente a algo y, aunque no oí el mismo flop que en casa de la patrona, me aseguró que estaba abierta.

–Ahora ya podemos tutearnos –le dije, mientras apretaba un botón para pedir vasos.

–Es el otro botón, amigo mío –dijo ella.

D ónde paras, béatrice?
Me respondió que había reservado habitación en el hotel independencia y que esperaba que yo hubiese hecho lo mismo. Le respondí con el timbre exacto de emoción que requiere la voz de un exiliado que ha preferido el infierno a la sumisión.

–Béatrice, no quiero ocultarte que voy a tener problemas con el gentío que me aguarda. Me habría gustado que mi llegada pasara desapercibida, pero radio kankán ha difundido la noticia por toda guinea.

El avión aterrizó y al cabo de diez minutos se quedó parado. Ya estábamos de pie en los pasillos. Aguardábamos algo, pero ¿qué? Por fin una azafata nos dijo, partiéndose de risa, que estaban buscando una escalerilla. Alguien gritó desde atrás que tenía una escalera de mano. Nadie se rió. Empezábamos a asfixiarnos. Un cura sacó la biblia; no era buena señal. Afortunadamente, los de delante empezaron a moverse. ¡Menos mal!

–Los nuevos amos trabajan deprisa –le comenté a béatrice–. En tiempos del PDG sólo los milicianos tenían derecho a escalerilla.

En los últimos peldaños, mori soltó la bolsa de béatrice entre mis pies y caí dando tumbos hasta el suelo, donde quedé prosternado al estilo del papa juan pablo segundo, el deportista de la fe.

–¿Te has hecho daño? –me preguntó béatrice desde atrás.

–No, es la emoción –le respondí levantándome–. Prometí que besaría guinea el día que la volviera a ver.

Le señalé a mi compañera una multitud gesticulante encima del hangar que ocupaba el aeropuerto internacional. Elevé los brazos en forma de V.

–Si quieres que te perdone lo de la escalerilla, mueve los brazos; eres el hijo de un héroe –le susurré a mori.

–Pero, papá, tengo los dos brazos ocupados.

–Entonces, sonríe.

Atravesó sonriendo toda la zona en penumbra, aunque andaba como un chimpancé con las dos bolsas que le tiraban de los brazos. ¡Buen chico! Llegará, como todos los hijos que obedecen a su padre. La sala de recogida de equipajes era una batalla campal. En cuanto vi que me tomaban por un cualquiera, me quité la ropa. Todo menos el pantalón, que tenía demasiados botones. Lo hice para impresionar, pero en el aeropuerto internacional de gbessia ya lo habían visto todo. La víspera, un avión de aeroflot trató de dispensar a sus pasajeros de las formalidades de entrada dejándolos directamente en la ciudad. Si se paró al final de la pista fue porque dios no concede deseos a los que no creen en él. Yo creía en él, y aquel pensamiento me reconfortaba.

Le dije a béatrice que se arrimase a mí y usé de escudo al chaval. Empujé a los que empujaban y tiré de los que eran empujados. Parecía yudo, y era yudo. De pronto, entre los que iban y venían, escuché un gañidito como de rata aplastada. Era otro cura que se desmayaba. ¡Santo dios, nadie sabía si quería entrar o salir! Lo echaron a un lado por las manos y los pies. Pero alá es grande. Nos ayudó a quitar de enmedio a los viajeros que salían, una prueba de su amor por la nueva guinea. Los que se iban no tenían más que esperar, que algún día embarcarían. La puertecita a la que nos aproximábamos nos parecía cada vez más estrecha. Ni un faquir habría podido traspasarla. Pero el policía que estaba al otro lado estaba mucho más flaco que un faquir.

–¿Eres tú el que ha fabricado la puerta de entrada? –le pregunté cuando llegué a su altura. Él me mostró su único diente.

–Papá, ¿esto es guinea?

–Guinea está del otro lado, mori.

Otro policía, tan flaco como el primero pero el doble de alto, tan flaco y tan alto que me pregunté si estaba de frente o de perfil, nos hizo una seña de que avanzásemos. Quería saber si alguien tenía «dinero de verdad».

–Yo tengo algunos syllis –dije por probar.

–No estoy para bromas –replicó.

El sylli era la moneda del PDG. Dinero de mono,[16] o más bien de elefante, en cualquier caso unos billetes muy gordos.

–¿Es que tengo cara de estar de broma? –le respondí–. Hemos pasado por delante de la oficina del cambio y parecía cerrada. Mucho ojo, que yo no soy un cualquiera. Guinea habrá cambiado, pero ciertos guineanos, no. Cuidadito con pisotearme.

Yo gritaba cada vez más. A lo mejor él no me entendía, pero seguro que me veía boquear como pez fuera del agua. Por fin, nos dio la espalda y pudimos pasar. Pero otro más se interpuso junto a una cortina tras la cual atisbé la antesala de la entrada a mi país.

–Señor..., señora, abran el equipaje.

–¡Viva la libertad! ¡Viva el comité militar! –aullé.

–Pueden pasar.

Acababa de dar con el ábrete sésamo. Los regímenes cambian, pero la contraseña permanece.

–Ahora, hijo mío, vamos a intentar recuperar el equipaje.

Béatrice nos siguió, aspirando el aire a nuestro alrededor con su respiración de vieja locomotora asmática. Vi otra vez al cura, que seguía desmayado entre paquetes sobre la inmóvil banda móvil. ¿Cómo había aterrizado allí? Los caminos del señor son inescrutables. Béatrice se lanzó sobre una maleta rugiendo como una tigresa. Se la disputó por un instante a un alfeñique antes de llevarse a los dos entre sus brazos hasta la salida. Estrangulé un poquito al mequetrefe que pataleaba y gritaba.

–He visto la maleta primero; es mía.

–Yo conocí a tu mamá mucho antes que tú, pero no por eso es mi mamá –le repliqué.

No supo qué contestar y se dejó caer desde lo alto del corpiño de mi compañera. Entregué a béatrice su pesada bolsa de inventos y le hice una promesa.

–Mañana te llamo al hotel y te presento a quien haga falta, mientras tanto, búscate algún mozo para la maleta; fuera está lleno de taxis. Y si alguien se mete contigo, cuéntale que te has criado con cámara fakoli filamudú, el más valeroso de los descendientes de gongodili.

Ella se fue y yo volví para ver qué hacía el chaval. Había logrado encontrar el botiquín. Lo incité a batirse por mi gran maleta roja. Se adentró en el barullo mientras yo me vestía. De pronto, me sentía extrañamente cansado. Uno de los innumerables aduaneros empujó brutalmente a una viejecita que fue a caer sobre mi botiquín y se quedó clavada aullando como una loca. La ayudé a levantarse y le saqué mi jeringa del culo. Luego me fijé en un gordo forzudo que intentaba arrastrar hacia él un paquete, un paquete diminuto. Al límite de sus fuerzas, desistió, respiró profundamente las penúltimas bocanadas de oxígeno que todavía quedaban y empezó de nuevo. El minúsculo paquete seguía sin moverse. Me aproximé para verlo más de cerca. ¡El tipo era tan gordo, y el paquete tan pequeño!

—¿Tiene algo que declarar? —le pregunté con el tono suspicaz de un aduanero.

Ni se volvió.

—Si al menos supiera qué hay dentro —dijo mientras se erguía.

Mori ya estaba de vuelta.

—Mira lo que he encontrado, papá —dijo entregándome una cosa.

La cosa era una maleta, mi preciosa, mi gran maleta roja de cartón, machacada, aplastada y doblada hasta quedar del tamaño de una vulgar cartera.

—¿Estás seguro de que es eso?

—Seguro, papá. Dentro estaba tu palillo de dientes y una foto tuya de carnet.

Me metí la maleta en el bolsillo.

—Me quejaré a las altas esferas.

—Ni dios mismo podría hacer nada por ti, hermano —me aseguró el gordo forzudo—. Ayúdame a tirar un poco de este trasto.

—Pues pídale al diablo una carretilla, hermano.

Aquel gordo majadero me había tomado por un cualquiera. Mori me siguió cuando me dirigí, con mi fuerza serena, hacia la enésima cortina que nos separaba de nuestra entrada en guinea.

–Pronto estaremos en casa, Mori. No olvides que has venido para ver y vencer.

Según parece césar ya lo dijo antes que yo. Pero él no hablaba malinké.

No me encontré con Iaye hasta después de la última cortina. Fue él quien me reconoció.

–¿Eres tú, cámara? –me preguntó educadamente.

–Tengo el honor de llamarme cámara, señor. Pero hay muchos otros cámaras.

–¿De verdad eres mamy? ¿El mismo que me ha mandado un telegrama? Yo soy Iaye.

Lo abracé enseguida, me aparté de él y volví a abrazarlo. Dios mío, por una vez tenía ganas de llorar. ¡Cómo había cambiado!

–Bueno, hablaremos más tarde –le dije después de presentarle a mi hijo.

–No has perdido el tiempo –me soltó al observar la gordura del chaval–. ¿Y el equipaje?

–Ya nos ocuparemos de eso, Iaye –le dije palpando discretamente mi maleta en el bolsillo–. Quizá llegue mañana en un avión más grande. Primero celebremos el reencuentro.

–Entonces vamos a casa. No queda lejos y no necesitaremos coger un taxi.

De todas maneras, fuera no vi nada que pareciera a un taxi.

Empezó a llover. Mori se cargó el botiquín a la cabeza y laye cogió la bolsa. Los seguí. Menos mal que dijo que no quedaba lejos. Hacía más de veinte minutos que andábamos cuando decidió tranquilizarnos de nuevo.

—Ya falta menos, mamy.

Mori no abría la boca. Lo alcancé para darle ánimos.

—Ya estamos llegando, hijo, y ni siquiera vamos a tener que ducharnos; el agua de lluvia de guinea es buenísima para la salud y te sentirás en forma en cuanto deje de llover; qué le vamos a hacer, estamos en la estación de las lluvias. No sé por qué tienes que estornudar así, tú al menos llevas un botiquín sobre la cabeza que te sirve de paraguas. Yo, en cambio, ya ves, no llevo nada. Estás en el país de tus antepasados, hijo mío.

—Cuidado, que estamos llegando —nos advirtió laye—. Poned los pies en mis huellas, hay unos hoyos enormes. El otro día, el vecino se rompió una pierna en uno de ellos. Es un barrio nuevo.

—¿No hay electricidad?

—El presi nos la había prometido. Si no hubiese muerto... ¡El pobre trabajaba demasiado!

Por fin llegamos. Un chiquillo nos salió al encuentro con una linterna y empezó a dar vueltas a nuestro alrededor como un cachorrillo dando gritos de alegría. Me incliné y lo tomé en brazos.

—Éste es yaya —dijo laye, restregándose los pies a la entrada con una gran piedra.

Le imitamos.

—Yaya, ¿dónde están los demás?

—¡Están acostados, papá!

—Bueno mamy, primero vamos a comer.

–¿Dónde está saran? –pregunté.

–Murió. No te lo pude decir porque no contestas las cartas.

–¡Mierda! –exclamé.

–¡Bah! No tiene importancia. Es la vida. Me dejó seis chiquillos, tres chicos y tres chicas. Yaya es el cuarto.

En el salón, o lo que hacía las veces, atisbé los bultitos de cinco niños acurrucados unos junto a otros sobre un colchón extendido en el suelo.

–Yaya, ve a buscar taburetes para tito y mori.

Solté al pequeño.

–Y luego dile a djèné que se dé prisa –añadió–. Seguro que no te acuerdas de djèné, mamy. Es mi hermana, apenas andaba cuando te fuiste.

Djèné entró con un cuenco humeante. Ya era una mujer. Dejó la comida y se ajustó el vestido por encima de sus pechos caídos. Dios mío, ¿tanto tiempo había estado fuera? No me acordaba para nada de ella. Desapareció como había entrado, tan silenciosa como una gata.

–¿No come con nosotros?

–Compartirá las sobras con los niños. Es pollo –anunció, como si hubiera sido caviar.

Mori ya había arrimado su taburete. Lo fulminé con la mirada y laye hizo lo mismo con su hijo.

–Este chiquillo me avergüenza –dijo–. En cuanto ve comida, se pone a temblar como si no hubiese comido nunca. ¡Empezad! Yo esperaré a los demás. Vamos, yaya, acuéstate como los otros. Desde que murió su madre, se creen que todo les está permitido. La culpa es de djèné, los mima como una abuela.

Le dije a mori que empezase. Yo había perdido el apetito. Laye hablaba con su hijo a la luz de la linterna que llevaba incrustada en su pelo precozmente encanecido. Seguía lloviendo y mori, entre bocado y bocado, no paraba de estornudar. Me hice con una cuchara para guardar las formas. Los ojos del niño se iluminaron. Se la di. Laye levantó la cabeza.

–¿No está bueno?

–Riquísimo, pero lo que más me apetece es celebrar mi regreso.

–Si quieres, hay un bar aquí al lado. Vamos, hace mucho que no bebo. Desde la muerte del PDG.

Yo también me aficioné entonces al alcohol. Llamó a djèné para decirle que se ocupase de mi hijo.

–Tito y yo vamos a buscar vuestros regalos, son tantos y tan bonitos que hace falta un avión grande para traerlos. Pero si no eres bueno como los demás, te quedarás sin nada –le dijo a yaya.

Me sentí desazonado. ¿Es que en el extranjero sólo había aprendido a engañar? Quizá porque nunca pensé que un día regresaría. Pero nunca estamos solos. Siempre hay cuatro mil millones de personas más. Mi loco y desmesurado desvarío fue vivir como si no perteneciera a nadie después de quedarme huérfano a esa edad en que se descubre el sabor de un pecho, ese dedo divino que hace que el cielo descienda y la tierra se eleve. Jamás tuve conciencia de haber sido un día el punto de encuentro entre un hombre y una mujer. ¿Por qué tantos pensamientos sombríos aquella noche? Me parece que ya tenía el presentimiento de que el viaje hacia la miseria de los míos no había hecho más que empezar.

Lo acompañé en la oscuridad hasta el borde de la carretera. Llegaban voces del otro lado.

–Es allí –dijo.

Le seguí. El bar no parecía un bar. Atravesamos un salón, luego una habitación donde dormían una mujer y su bebé. A continuación desembocamos en un cuartucho presidido, desde una mesa inmensa, por una vela humeante.

–Os presento a mi hermano –dijo laye–. Acaba de llegar. Se llama mamy.

Mientras él hacía las presentaciones, yo iba estrechando las manos que me tendían, a veces con caras risueñas. Acudió el patrón.

–*Diallo*, es mi hermano.

Diallo me alargó su mano franca.

–Tome asiento, señor. Esto es pobre, pero aquí todos somos hermanos. Si seguimos en este humilde rinconcito es por culpa del PDG y su comité islámico. ¿Qué vais a tomar?

–Dos cervezas sobraguis –pidió laye.

Nos sentamos en un banco. *Diallo* dejó el encargo a nuestros pies. Nos servimos en silencio. No sabía qué decirle; él probablemente tampoco. Al otro lado, habían reanudado las conversaciones.

–¿Qué, laye, todo va bien?

–Esta noche sí. Tenía ganas de volver a verte. El tiempo pasa volando. Ayer éramos críos y hoy somos nosotros los que tenemos críos, que pronto tendrán sus críos. ¿Y tú? Sabía que has viajado mucho. Saran y yo te seguíamos de país en país. Lástima que dios no haya querido que volviese a verte. Se fue cuando el parto de la pequeña sali. Sangraba y no había nada para contener la hemorragia.

¡Dios mío, saran! Su mirada de cierva asustada cuando le hacía señas de que se acercase para compartir una naranja robada en casa del vecino.

–¿Dónde se mea aquí, laye?

Se interrumpió y me señaló un patio. Cuando volví, estrechaba fuertemente el vaso entre las manos. Me serví de nuevo y me quedé, como él, sumido en amargos recuerdos en los que la fatalidad toma partido por la muerte en contra de la vida. Pero pronto tuve que ir otra vez a mear.

–Vaya, la cerveza de aquí es demasiado pesada para la vejiga.

Sonrió y eso me gustó.

–Cambiemos –proseguí–. Yo me paso al whisky. ¿Y tú?

–Como quieras, primo, yo sigo con la sobragui.

–Insisto, laye. Tómate lo que quieras. Pago yo.

–No. Sobragui. Las otras son muy caras.

Llamé a *diallo*. Estuvo más amable incluso que antes.

–¿Tomas algo con nosotros? –le propuse.

–Soy musulmán, hermano.

–Pues entonces, otra sobragui y un whisky.

–¿Y tú qué te cuentas? –dijo laye en cuanto desapareció *diallo*–. Siempre creí que volverías, y tía fanta también.

Entonces le hablé del telegrama.

–Murió pronunciando tu nombre. Se conoce que quería verte para confiarte algo importante. Había cambiado mucho desde que fue a la meca hace dos años. Ya no vendía más que botones. Decía entre risas: «los hombres de este país se bajan demasiado deprisa los calzones, me parece que necesitan botones». Y algo de eso debía saber porque había ayudado a desnudarse a casi todos los antiguos dignatarios.

–¿Y le fue bien? Yo entiendo un poco de botones.

–Su último marido era un gilipollas que se quedaba con todo.

Se llamaba maliki y se hacía llamar «la estrella de parís». Buen bailarín. El año pasado se mató en una pista.

—Volveremos a hablar de todo eso más tarde. Esta noche, lo celebramos. Por cierto, ¿cómo está tu hermano mayor?

—Está mal de la tensión.

—¿Y tu hermana?

—También anda mal de la tensión.

—¿Y tu padre?

—Murió de la tensión.

—¿Y tu tío arafan, el profesor de química?

—Se ahorcó.

No quise seguir. Estábamos allí porque lo que nos había llevado era asunto para vivos. Aun así cité cinco o seis nombres. Todavía no estaban todos muertos, gracias a dios. Pero los supervivientes tenían problemas de tensión. Ya los vería en kankán.

—¿Y tú qué tal estás? –le pregunté.

—Yo no tengo nada de la tensión; toco madera, como dicen los blancos. Sólo soy diabético. ¿Y tú?

—Yo también tengo mal la tensión, primo. Pero la otra, la que llaman hipotensión.

—Como los hipopótamos, vaya. Te envidio, mamy.

—Muramos, hermano, pero bebiendo –exclamé entre risas.

Llamé a *diallo* e invité a una ronda general.

—Eso te va a salir caro, mamy.

Le pregunté por el cambio del sylli.

—En el mercado negro, a un sylli por dos francos CFA, y al cambio oficial, uno por diez. Pero ya no hay oficial.

—Pero sí oficiales –agregó alguien acercando su silla.

Desperté a las siete con la cabeza un tanto vacía. Fui a rociarme la cara con un cubo de agua. Todos seguían durmiendo. Como no sabía qué hacer, encendí un cigarrillo y traté de repasar la víspera para el BAM, el famoso balance aritmético y moral. Me encontraba en conakry con buena salud y había servido de consuelo a mi primo, aun cuando hubiésemos concluido la velada balbuciendo y llorando por los desaparecidos: puntos positivos. Los puntos negativos: el cura que había dejado tirado en la banda móvil, la ocurrencia del gran avión que nunca llegaría, los imprevistos problemas de tensión de unos y otros y mi escasez de medios. Poca cosa; yo no era un cualquiera.

Decidí dar una vuelta por la propiedad del primo laye. Era incuestionablemente grande. Una casa enorme con aberturas por todas partes. De hecho, tenía más puertas y ventanas que paredes. Laye me explicaría más tarde que las paredes costaban demasiado caras. «Mira, no había cemento, pero afortunadamente la madera no se fabrica, la hay por todas partes. El presi tenía demasiadas preocupaciones.»

Las ocho. Nadie todavía. Sin embargo, laye me había asegurado que trabajaba en la ENTA, la tabaquera, la jornada completa y que entraba a las siete y media. Salí del patio y eché un vistazo por allí. Al parecer, el sol aún no había salido para nadie en el barrio. A no ser que se hubiesen mudado todos durante la noche. ¿O quizá era día de fiesta? Tendría que hacerme a menudo las mismas preguntas a lo largo de mi estancia. Por fin, apareció alguien, era mori.

—Ve a lavarte enseguida, pedazo de vago —lo regañé—. Olvidas que representamos a los guineanos del exterior. ¿Qué van a pensar si nos ven dormir hasta el mediodía?

—Pero, papá, si los demás están todavía acostados.

—Ése no es tu problema. Despabila para que parezca que llevas un buen rato despierto.

La casa no empezó a animarse hasta al cabo de una hora. Los chiquillos que aún no nos habían visto se nos echaron encima. Fue el pequeño yaya quien presentó a sus hermanas y hermanos y les anunció que un gran avión cargado de regalos venía de camino. Yo era el tito de américa. Djènè nos sirvió unas tazas de quinquéliba hirviendo con unos pedazos de pan más duros que una piedra.

—Me parece que ya va siendo hora de ir a trabajar, laye.

—Ni hablar. Tú estás aquí y aquí nos quedamos.

—¡Pero te van a echar!

—Mejor. ¡Para lo que gano! Cuatro mil syllis; no llega ni a ocho mil francos CFA.

Me entraron ganas de preguntarle cómo se las apañaba con la casa y con los gastos diarios para mantener a djènè y los seis críos, aunque sólo bebiese quinquéliba. La víspera, en el bar, me había gastado una fortuna: tres mil syllis, unos seis mil francos CFA.

Pero lo que le dije fue que quería volver a ver conakry. Y volví a ver conakry. Entre tantos taxis empujados y acarreados, acabamos avistando uno que nadie empujaba ni acarreaba. Era un coche de la embajada china. El chófer hacía horas extraordinarias desde las nueve y media. Me habría encantado que el gran michel, albertine y todos sus compatriotas de allá me hubieran visto en la parte trasera de aquel mercedes negro alemán que enarbolaba el pabellón chino. Eché un vistazo a mi primo. No parecía un cualquiera. Tenía la cabeza apoyada en su mano derecha y el resto del cuerpo recostado con indolencia en la portezuela izquierda. Seguro que estaba meditando, como todos los embajadores cuando llevan un banderín delante. Yo veía el movimiento de sus pensamientos: a la izquierda, a la derecha, y vuelta atrás. ¡Lo que son las cosas! Un obrero de la empresa guineana de tabacos y cerillas podía representar dignamente a la república china.

–Aquí hay eso, del otro lado hay eso y más allá sigue estando eso –iba diciendo mientras nos adentrábamos en la ciudad.

Yo me las daba de ministro chino y él de embajador escéptico. La verdad es que no había más que «eso». No había cambiado nada: un viaje hacia el pasado de más de veinte años atrás. Curiosamente, me tranquilizó y me rejuveneció. Y recibí la misma impresión durante toda mi travesía de sur a norte, entre conakry y kankán. «Dixinn», «koleah», el instituto de donka, el hospital de donka, camp boiro, el cementerio musulmán donde se conoce que no está enterrado seku, el «puente de la vergüenza» del que colgaron a barry 3 y a los otros, y más allá el famoso palacio del pueblo construido por los chinos; «no lo habrás olvidado, verdad, primo, es ahí donde el responsable supremo charlaba con su pueblo; y seguro que has reconocido "tombo", siempre mirando al mar, ahí es donde íbamos a cagar y donde se caga todavía».

–No conviene perder las buenas costumbres –dije.

–No creas que pretendo criticar al antiguo régimen guineano. Sería demasiado fácil ahora que ya no existe. A ti, que acabas de llegar, no te faltarán ganas de insultar al PDG, pero ante sus peores detractores, yo no puedo olvidar que dejó el país tal como lo encontró.

¿Qué podía oponer a eso? El gran michel, mi mentor, habría dicho que mientras uno se mantuviese en el punto cero, nada estaba perdido. En resumidas cuentas, si guinea no había cambiado era preciso alegrarse por ello. Era como aquel pedido de zapatos italianos anunciado por el presi. A fuerza de esperarlos, los guineanos se acostumbraron a calzarse con neumáticos viejos, y «mientras tanto», aquello se puso de moda.

–Hermanos, no tengo más remedio que dejaros –nos advirtió el chófer–. Podría verme algún chino.

No estábamos en pekín, pero me lo callé. Le di algún dinero y dio marcha atrás. Probablemente en busca de nuevos clientes. La cooperación con china prospera.

–Los chinos son buena gente –me aseguró mi primo–. No hacen más que trabajar. No joden nunca.

Ya podían avergonzarse los cooperantes rusos y árabes.

–La disciplina es buena –le dije.

El pedegé sí que había disciplinado a fondo a los guineanos.

–Y encima, nosotros teníamos derecho a echar algún polvo.

–El lujo del pobre.

Caminábamos inmersos en ese baño de vapor característico de las ciudades costeras cuando sale el sol tras una noche de lluvia. Yo no miraba ni a la izquierda ni a la derecha. Todo estaba en su sitio.

Los blancos y los libaneses habían sido expulsados, y por suerte se olvidaron de llevarse sus propiedades.

—¿Paramos a tomar un trago?

Estábamos enfrente del «avenue bar». Sólo diez metros nos separaban de él, pero también una riada de vehículos antediluvianos tan formidable como el río de velomotores en continua crecida procedente de uaga.[17] Quince minutos más tarde, estábamos en el bar. La barra era la misma de mis tiempos de estudiante. Laye abrazó a alguien que luego me presentó como brillante profesor. Se llamaba condé, alias «dos por dos». Enseñaba matemáticas.

Pedí tres cervezas.

—Yo sigo con el whisky —dijo «dos por dos».

Nos trajeron agua.

—Hemos pedido dos cervezas y un whisky.

Nos pusieron dos pastís y una cerveza.

—Pero bueno, ¿este tío lo hace adrede o qué? —comencé.

—No nos pongamos nerviosos, señor cámara —me dijo «dos por dos»—. Se trata de un prototipo de nuevo guineano que seku prometió fabricar. Hay que ir con calma. Nuestro hermano saïdou no es tonto. Vamos a ver, saïdou, escucha atentamente: una cerveza.

Cuando el hermano saïdou volvió con la cerveza, después de llevarse la que ya nos había traído, «dos por dos» le pidió otra. Al tercer intento tuvo derecho a su whisky.

—¿Qué hay que hacer para que te pongan vasos, «dos por dos»?

—Es demasiado complicado, hermano, incluso para mí. Bebed directamente de la botella.

Cuando el mutante de seku se marchó, observé más a fondo a «dos por dos». Se inclinó sobre su vaso, lo sujetó entre las manos y se lo llevó así a los labios. Siempre he sentido cierta inclinación por los profes de mates, esa gente que sólo vive para resolver los problemas de los demás.

—Tu primo acaba de llegar ¿verdad, laye? —dijo volviendo a dejar el vaso—. Cada vez hay más guineanos que vuelven. Eso está bien, siempre que no pretendan quedarse con nuestros puestos. Porque muchos imagináis que nosotros, los que nos quedamos mientras vosotros os largabais, somos gilipollas. Ni en broma os vamos a dejar nuestros puestos. Pregunta a laye por qué. A laye, que me detuvo en el setenta y uno en un hotel cuando estaba a punto de tirarme a una marfileña. Llegaste con dos bribones y me detuvisteis por espionaje. Me pasé cuatro años en camp boiro.

La cosa se ponía fea. Traté de intervenir, pero «dos por dos» me contuvo con la mano.

—No son los cuatro años lo que deploro, señor cámara, sino la marfileñita que había empezado a querer y con la que sin duda me habría casado. El día que seku fue a abrazar al viejo houphuët, lloré. La vida es muy dura, señor cámara. Yo no tengo nada contra nadie. Todo el mundo sabe quién es quién en este país. Si no bebiéramos para olvidar, necesitaríamos un proceso de núremberg.

Le hice seña a saïdou de que se acercase.

—Otro whisky para mi hermano.

—Y una cerveza para mí —añadió mi primo.

—Primero un whisky, saïdou —puntualizó «dos por dos»—. Después ya veremos. Nunca hay que pedirle dos cosas a la vez a una creación del pedegé.

—Hablas así porque seku está muerto —dijo mi primo—. Él tenía los pantalones bien puestos. Por mucho que digas, era un hombre de verdad. No sólo lo respetaban en guinea, sino en el mundo entero. En aquella época, me vi obligado a detenerte.

–Sólo detuviste a una sombra, laye.

–El PDG jamás habría instalado su régimen en pleno desierto.

Lo dije para serenar el ambiente. Pero olvidaba una injusticia: el whisky estaba servido y la cerveza no. Llamé al idiotizado. Nos observaba desde el otro lado de la vieja barra, con las orejas desplegadas como un elefante. Estaría pensándose a quién informar de nuestras conversaciones. Las nuevas autoridades se lo repitieron muchas veces a la población: «No queremos volver a ver a esos vagos que vigilan a sus vecinos o a sus amigos; ha llegado el momento de ponerse a trabajar». Por lo visto, la consigna aún no había llegado hasta el zombi. Desapareció por una puerta detrás de la barra. Laye nos dijo que también podríamos ir al de enfrente. Pagué, y «dos por dos» trató mal que bien de seguirnos.

–Jamás llegaré al otro lado –nos confesó en tono de mártir–. Casi todos esos no tienen ni carnet de conducir; aunque en realidad, conducen mejor que los que lo tienen. Adelante, amigos, despidámonos y buena suerte.

Hice una breve rogativa y me zambullí en el tráfico detrás de laye. Un velocipedista me atropelló por detrás mientras lo arrollaba una máquina enorme. Me di contra una portezuela, fui repelido por el propietario y me encontré de nuevo en el punto de partida. Laye seguía vivo, aplastado entre una «moscovita» y un renault doce. Todo eran petardeos, bocinazos, gritos, risas, saludos e insultos con silbiditos al aire.

Cuando me reuní con laye, sonreía y me señalaba con el dedo a «dos por dos» que hacía gestos de despedida.

–Si no bebiese tanto, habría cruzado como nosotros –me dijo.

–Es verdad, el alcohol anula los reflejos. ¿Pero dónde está ese famoso bar del otro lado? Tanto deporte me da sed, primo.

–Sígueme –me ordenó.

Alguien aullaba debajo de un neumático. Tal vez quería hacerse oír. Pero las malas lenguas están por todas partes. Yo sólo escuchaba a mi primo.

–Mira, cámara, el problema de ese profe de mates es que no cree en dios, como casi todos nuestros intelectuales. Pero mientras no esté escrito que uno tiene que morir, no puede morir, ¿verdad?

Estábamos llegando. Guardó silencio. No era fácil hablar dando saltitos por encima de todos los charcos que jalonaban el camino de la salvación. En el oasis, había más ruido que luz. Me senté encima de algo y unos brazos inmensos me estrujaron. Estaba a punto de gritar cuando mi primo me tranquilizó: «Es marguerite, una ex detenida de camp boiro liberada por los militares. Vuelve a estar en la policía de tráfico». Él hablaba y hablaba mientras yo luchaba por librarme del abrazo. Tuve que morderla, con gran vergüenza por mi parte. Se echó a reír.

–Tu primo me excita –dijo dirigiéndose a laye.

Por fin me soltó. El pedegé debía de ser realmente poderoso si pudo detener a un mamífero de aquellas proporciones.

–¿Cómo os las arregláis para reconoceros en esta oscuridad? –pregunté para darme aplomo.

–Por fin somos libres –me susurró marguerite al oído.

Su aliento habría derrotado a un escuadrón de moscas.

No entendí la relación con mi pregunta. El ex verdugo y la ex víctima debían de tener un lenguaje común.

–El mes pasado me prometiste una ronda, marguerite.

Se rió. Si es que se le puede llamar risa a algo entre el aullido de una sirena y el rugido de un león.

–Bebed a mi salud, laye. Enseguida voy.

–¿Tú crees que vendrá y pagará? –solté en cuanto oí que se iba.

–No será ella quien pague, sino el primer taxista que caiga en sus manos. Esa gente nunca está en regla.

Las buenas costumbres nunca se pierden. Ya en tiempos de seku, los chóferes y otros comerciantes constituían el principal servicio público del país.

Una tenue sombra se perfilaba en la entrada.

–¿Quién es? –pregunté.

–Un libanés. O un guineano, si lo prefieres, porque ha nacido y crecido aquí. Habla el soso mejor que un moryanés. Pero el problema de esa gente es que sólo quieren casarse entre ellos. ¿Quieres que te lo presente? ¡Eh, gregory!

Es asombroso cómo se las arregla la gente que vivió bajo el pedegé para ver en la oscuridad. Nos localizó sin problemas y me llegó el sonido de una botella sobre la mesa.

–Esto hay que celebrarlo, laye. ¿Qué ha sido de ti desde que cerraron camp boiro? ¡Qué miedo te tenía, cabrón! Vamos a celebrarlo. Tengo una botella de whisky.

Se dieron un abrazo. Yo tenía lágrimas en los ojos. ¿Qué le vamos a hacer si somos muchos más los corderos que los lobos? En francia, durante la liberación, te linchaban si eras un poco más rubio que hitler. De repente me sentía orgulloso de ser guineano. De repente, las esperanzas renacían, a pesar de las recriminaciones de «dos por dos».

–A gregory acaban de ofrecerle un buen contrato. Dentro de poco tiene que representar los intereses de una importante compañía americana de zumos de frutas. Hace dos meses que lo celebra.

–¿Con whisky? ¿Es que no le da miedo la competencia? –pregunté a gregory.

–Ahora por fin somos libres, hermano –dijo pasándome la botella.

Me serví para no tener que comprender. Laye hizo lo mismo.

–Al cuerno con mi diabetes –me confió en un aparte.

–Además, tengo un montón de chicas –anunció gregory–. Todas quieren trabajar en mi futura fábrica. Os invito.

Pregunté qué hora era. Nadie me contestó.

–Bueno, ¿vamos a ello? –nos soltó gregory a modo de desafío.

En aquel momento apareció blacky, el terror de las mujeres que buscan líos, el don juan de las mujeres con ganas de aventura. Ya había oído hablar de él. Arrastraba su reputación como un herniado su hernia. En níger, había violado a la mujer de un policía, en sierra leona había estafado a una policía veterana y en senegal había corrompido a la hija de un magistrado. En resumen, le fue detrás la interpol hasta que tuvo la genial idea de pasar al olvido bajo el ala protectora del pedegé. Oí un largo gluglú. ¿Era laye, o gregory? Otro largo gluglú. Se acabó el problema. Eran gregory y laye. Los imité. Hacía un calor sofocante y soporífero y mi cabeza empezaba a dar vaivenes, ¿pero por qué un guineano de fuera puede beber menos que el ex guineano made in pedegé?

Blacky se unió a nosotros. Su perfume era todavía más mortífero que el aliento de marguerite. Laye me lo presentó. Trabajaba en el departamento de emigración.

–¿Cómo van las cosas? –le preguntó gregory.

–No imaginas la cantidad de visados de salida que tenemos que tramitar a diario. Menos mal que seleccionamos.

¿Visados de salida? ¿Seleccionar? La terminología del antiguo régimen.

–Menos mal que ahora somos libres –dejó caer gregory.

–¡Alto ahí! –dijo blacky–. Si lo que quieres es criticar al PDG, dilo claramente. Porque él era un hombre, un hombre de verdad. Yo lo admiro. Salió de la nada y mucho antes de morir trataba de igual a igual a los más grandes de este mundo. Casi todos los que hoy le lanzan la piedra, anteayer comían de su mano y ayer le lloraban. Hay algunos que han escrito libracos acerca de sus miserias en el famoso camp boiro, pero ¿a que no renegaban de él cuando tenían sus privilegios?

–¿Puedes abreviar un poco el discurso, blacky? –dijo laye–. No estamos en un mitin.

–Vale, hacedme un hueco. Un trago rápido y vuelvo a la oficina.

Nos pasamos una y otra vez la botella de whisky. ¿Qué hora era? Lo único que recuerdo es la súbita y abrumadora presencia de marguerite riendo alegre y desaforada a mi lado. «Me he topado con un antiguo miliciano convertido en taxista. ¡A beber!»

–¡Viva seku! –hipé–. Ahora le toca a la otra mitad de la población hacer que trabajen los ex milicianos.

Marguerite me rodeó la cabeza con su brazo. Me desmayé, o a lo mejor me dormí.

P rimo, no aguantas bien el alcohol.
—No, no estaba borracho. Es que el brazo de marguerite me asfixió –dije con mi mejor mala fe–. ¿Qué hora es?

Dentro aún estaba oscuro; pero gregory, blacky y marguerite habían desaparecido.

—He encargado unas brochetas mientras estabas durmiendo. ¿Te apetecen?

—Vamos a salir un rato. Tengo ganas de tomar el aire.

Fuera era de noche. Le obligué a seguirme hasta el hotel de la independencia.

—Ya verás, laye, tengo una sorpresa para ti, vas a ver como no soy un cualquiera.

Se negó a entrar.

—Bueno, espérame aquí; sobre todo no te muevas.

Pregunté por béa en la recepción. Tuve que repetir dos veces la pregunta.

—¿Es usted extranjero?

—Sí y no –respondí.

—Béa está en la cárcel.

Ya no se podía confiar en nadie. ¡Ah..., menuda ingeniera inventora! ¿Qué habría inventado esta vez? El tipo no dejaba de mirarme. Debía de poner cara de gilipollas. Salí.

—¿Y la sorpresa? —preguntó laye.

—Tengo que salir para kankán esta misma noche o mañana, te lo explicaré más tarde —le dije en tono de misterio—. A ser posible esta noche, porque es urgente.

Pareció impresionado por la gravedad de mi semblante. En realidad, esperaba pasar la noche con mi béa, que tantos paraísos me había prometido, y me sentía decepcionado. Ya no me quedaba nada que hacer en conakry. Había ido por la muerte de tía fanta, y tía fanta había muerto allí abajo.

Tomamos un sidecar para volver. Mori estaba jugando con los niños.

—Nos vamos inmediatamente a kankán, ve a preparar el equipaje —le dije.

Prometí a los chiquillos que en cuanto llegase el avión grande les traerían los regalos. Pusieron cara de que aquello no se lo tragaban. Sospeché que mori, el imbécil de mi hijo, les había contado la verdad. Pero como nunca reconoce sus mentiras, no se lo pregunté. Djènè insistió en acompañarnos hasta la estación de autobuses. Los abracé, les prometí que volvería pronto y montamos en un vehículo cuya carrocería reposaba prácticamente en el suelo.

—¿Esto podrá llegar a kankán?

—Por qué no, hermano —me tranquilizó el conductor.

En efecto, por qué no. Él era paticorto y eso no le impedía andar. Me vino a la memoria aquella carretera de más de ochocientos kilómetros con sus puentes basculantes, sus baches del tamaño de un pequeño cráter, y los cráteres de verdad, cuyo fondo no se alcanzaba a ver. ¡La de valientes que no temían ni al diablo y la de infelices que se dejaron guiar por su estrella y jamás regresaron!

—¿Sabe, hermano? Seku reconstruyó la carretera. Está impecable desde conakry hasta kankán.

Era mi vecino de asiento quien me hablaba. Se llamaba jacques y se dirigía a kankán, donde hacía de chapista cuando hacía falta, de carpintero, de asesor jurídico, de sepulturero para los cristianos y de operador de cine cuando había corriente.

—También debió de estar en la milicia, ¿no? —le interrumpí.

—En la alta milicia, hermano —me respondió con orgullo.

Yo no veía gran diferencia con la milicia a secas. Mi otro vecino recitaba el corán al menor bandazo.

—Nos traerá la negra —dijo jacques con su recia voz—. Hago el viaje de ida y vuelta una vez por semana y sólo tenemos avería cuando hay algún morabito.

El morabito lo fulminó con la mirada. Otro condenado más para el infierno.

—No me das miedo, hermano —le espetó jacques—. Hace mucho tiempo que martirizáis a los cristianos de este país. Ahora por fin somos libres.

La guerra por la religión se palpaba en el ambiente. Me hinché cuanto pude para infundirles respeto.

—Yo no soy un cualquiera. He venido para visitar a una tía muerta que me quería muchísimo, y no quiero más muertes en guinea, demasiado hemos padecido ya bajo el antiguo régimen; ahora que tenemos un comité militar, que no corra la sangre. Aquí donde me veis, aunque no lo parezca, soy musulmán, pero el país de donde vengo está lleno de blancos, como los árabes, sólo que son cristianos. Pero es como si fuesen musulmanes de tan tolerantes como son, de modo que os digo: si un cristiano puede ser musulmán, ¿por qué un musulmán no puede ser cristiano? Además, hasta el profeta mohamed sabía que cristo era otro profeta.

¡Ah...! ¡Sabias palabras! Enmudecieron todos, hasta el conductor, cuyo tablero de mandos lucía esta advertencia: «Absténgase de hablar con el conductor». Me había lanzado a la elocuencia como las moscas a la miel, y hasta ofrecí cigarrillos a todo el mundo, pero nadie aceptó salvo el morabito; gracias a dios, al menos tenía un vicio, no todo estaba perdido. En un momento dado volví la cabeza. Mori roncaba dulcemente en la parte trasera. Los demás seguían su ejemplo, fraternalmente recostados los unos en los otros. Los de delante no andaban mucho más despiertos. Al menos mi discurso había servido para algo. Hice lo mismo que ellos.

Fue jacques quien me despabiló.

–¿Dónde estamos?

–Empezamos a atacar la cuesta del fouta-djallon. Hemos dejado atrás kindia, donde están detenidos los antiguos dignatarios, casi todos miembros del gobierno de béa.

–¿Qué béa?

–¡Béavogui, hombre, el ex primer ministro!

¡Madre mía, me había equivocado! Y yo que creía que béa era mi gorda béatrice. Era demasiado tarde para volver a conakry. Masqué la nuez de cola que me ofrecía. El sol se ponía. Todo era verdor y silencio a ambos lados de la carretera. En cuanto el conductor se paró en una aldea, me bajé y saqué a mi hijo de su sopor. Tenía ganas de enseñarle el paisaje de la guinea eterna. Me salía mi alma de poeta. Sow tenía razón en ir cada tarde a buscar la inspiración a la orilla del mar. Le deseé fugazmente que pudiera encerrarse en un islote. Si en su país no había ninguno, no tenía más que dejar que los pajaritos cagasen libremente en el mar. El gran michel me había asegurado que es así como se forman las islas.

—Mori, éste es tu país —dije con amplio ademán de propietario—. Escucha esta paz que embelesa, que nos trae el silencio verde de la verdadera vida y de la bruma, ese aliento de la naturaleza.

—¡Papá, nos hemos dejado la pasta de dientes en casa de tito laye!

Aquel chiquillo insensible era desesperante.

—¿A que tienes ganas de comer? —le pregunté.

—Allí tienen unas buenas brochetas y crema fresca, papá.

Fue a reunirse con los demás. Me quedé solo mirando a guinea: como una estatua elevada sobre aquella tierra que guardaba mi ombligo y mi prepucio. Mil pensamientos me hacían estremecer, como un beso entre el follaje de un mango. En cuanto llegase a kankán, mandaría un telegrama a todos mis amigos. «Bien acogido por guinea. Stop. Todo el mundo libre y optimista. Stop. Hasta pronto.»

—Nos vamos, hermano.

Era jacques. Mori estaba con él y se chupaba los dedos. Nos apretujamos, el conductor dio un bocinazo acogido con gritos de júbilo por todas partes y el motor empezó de nuevo a gemir. Ya era casi de noche. Los faros no tardaron en reemplazar a mis ojos. Al principio, me crispaba a cada golpe de freno o de volante, pero no había motivo. El pedegé había tenido tiempo de ocuparse de la carretera conakry-kankán vía faranah, el *yamoussoukro* de guinea. Cerré los ojos.

Subíamos y bajábamos regularmente y por fin me dormí.

Después de mamu, donde el conductor compró gasolina a uno de los muchos vendedores ambulantes, seguimos nuestro camino, y yo mi dulce sueño. Tenía la cabeza repleta de proyectos a cual más fantástico. Me veía propietario de una plantación, ganadero, comerciante, fundador de una escuela o patrono de una compañía colosal. Estaba deseando enviar otro telegrama al gran michel. «Posibilidad de instalarnos aquí. Stop. Buenas perspectivas. Stop.»

Para coronar mi regreso triunfal, bastaba con que tía fanta me hubiese nombrado su heredero. Estaba seguro de que había dejado algo. La prueba: su empeño en verme. Aquella idea me iba reconfortando cada vez más hasta lograr entusiasmarme. Mi vida iba a cambiar. ¿Se haría por fin justicia en este cochino mundo? ¡Gracias, alá! En su inconmensurable misericordia, no olvidaba a un pobre exiliado-huérfano como yo.

–Vamos a parar aquí –nos anunció el conductor–. Necesito cerrar los ojos un rato.

A ambos lados de la carretera había casitas escondidas entre los árboles. Pregunté por el nombre de aquella encantadora aldea dormida. Yèrègbèssidya, que significa «allí donde uno va a darse bofetadas». Realmente encantador. Nos apeamos todos y seguimos al conductor hasta una gran plaza donde extendió una gran estera. Nos dimos las buenas noches. La noche resplandecía, el cielo era hermoso y el tiempo muy suave. Yo pensaba: «Algún día me retiraré en un rincón como éste; colgaré hamacas por todas partes para pensar tumbado patas arriba con los dedos de los pies bien abiertos y recibiré a todos mis viejos amigos; hablaremos de las dificultades del pasado con la confortable certidumbre de haber hecho lo que se debía hacer, mientras nos van sirviendo de beber y de comer».

Fue en ese momento cuando me llegó el sonido de la primera bofetada y el de algo muy gordo que pasó zumbándome al oído, seguido de nuevos zumbidos. Jacques se reunió conmigo.

–Son mosquitos –me aseguró–. Si hubiera sabido que estábamos en yèrègbèssidya, le habría dicho al conductor que no parase aquí. Fíjate, no son malos, pero zumban más fuerte que los milicianos del PDG.

–Sólo atacan a los extranjeros –prosiguió el hombre de los treinta y seis oficios.

–¿Y cómo se las apañan para reconocer a los extranjeros?

–Los extranjeros son los que se dan de bofetadas, hermano.

Era una definición como otra cualquiera.

Se habían levantado todos. El morabito empezó a hablar de guerra santa.

–Que todo el mundo mantenga la calma –aconsejó jacques–; así verán que somos guineanos.

La aldea dormía el sueño del patrono bien protegido. Aquella gente empezaba a exasperarme. Me planté en medio de la carretera y, con las manos a modo de megáfono, me puse a imitar al PDG.

–Pueblo de guinea, pueblo mío. Una vida acaba, otra vida comienza. En una ocasión os dije que el hombre es un desconocido conocido pero también un conocido desconocido. Una vida acaba, otra vida comienza. En otra ocasión os dije que si la vida de un hombre va de cero a cien, la de un pueblo va de cero a infinito. Una vida acaba, otra vida comienza. Os dije también que yo era la encarnación del pueblo, pero no me entendisteis. Un pueblo no muere. Por eso me he hecho el muerto para conocer a los vivos. No me habéis sido fieles. Peor para vosotros. Los traidores serán desenmascarados.

Por entre las casas empezaban a deslizarse frágiles siluetas rematadas con hatillos. Nuevos exiliados.

—No hagas eso, hermano —dijo jacques a mi espalda—. Muchos creen todavía que el presi no ha muerto y que va a volver.

Por la mañana, entramos en kankán, mi dulce ciudad natal cuyo nombre suena como una espada. El gran michel, a quien se la había descrito, me dijo un día: «Tu ciudad es una encrucijada interesante y cargada de futuro. Se puede acceder a ella por todos los medios de comunicación posibles: carreteras y vías férrea, aérea y fluvial. Eso es formidable, cámara».

Pero lo que yo veía no tenía nada de formidable. Conakry no había cambiado en años, pero kankán había progresado. Sus casas se inclinaban un poco más que la torre de pisa, el hospital era ahora la escuela y la escuela de secundaria el hospital. En el lugar de la gran escuela primaria se alzaba la comisaría del ex pedegé. Todo lo demás estaba donde siempre: los dos grandes mercados, la plaza de la independencia y hasta el río milo.

Guié al conductor hasta el domicilio de tía fanta. Nos rodearon algunos niños y ancianos mientras sacábamos el equipaje. A la vista de su magro volumen, se dispersaron enseguida con comentarios desagradables. ¡Ah..., si no me hubiesen aplastado mi gran maleta vacía! Fue un viejecito quien me reconoció.

–¡Dios mío, es mamy! –exclamó–. Yo soy mamadi.

No caía, pero me eché a los brazos que me tendía.

–Me llamaban «tronco», mamy.

Entonces lo recordé todo. Entre los dos formábamos un equipo de fútbol. Yo hacía de extremo izquierdo y él de todo lo demás. En aquella época, era fuerte y corpulento. Cogió parte de las bolsas y mori la otra, y nos llevó a un gran edificio al final de un gran patio despejado. El edificio tenía cinco puertas que se abrieron después de aporrearlas una tras otra como un loco. ¿Por qué se levantaban tan tarde en guinea?

Hechas las presentaciones –según «tronco» todos eran primos–, sopesaron con la mirada nuestro equipaje y luego a mori. Afortunadamente, el chaval estaba gordo. Al parecer eso los tranqui-lizó y todos aparentaron alegrarse de conocerme. Para tranquilizarlos más, les hablé del gran avión que había de traer el resto de mis bár-tulos. Parecieron decepcionados. Después me enteré de que los avio-nes grandes no podían aterrizar en el aeropuerto internacional de kankán. Finalmente, nos encontraron una habitación. A la que pude, me desplomé sobre el colchón y caí en un profundo sueño ante el inmenso retrato de un orejudo sonriente. Más tarde me contaron que era «la estrella de parís». El último marido de mi tía.

–Papá, quieren verte –dijo mori zarandeándome.

Me froté rápidamente los ojos, esbocé algunas sonrisas y me levanté. El deber de un ex exiliado es presentarse siempre en forma. Reconocí a algunos de los que me esperaban. A los demás, fingí reco-nocerlos. Todos se alegraban de volver a verme. Al cabo de cinco minutos, ya no teníamos nada que decirnos. Sin embargo algunos de ellos fueron compañeros de juegos. Nos quedamos un rato mirándo-nos en silencio. La llamada del almuecín. Nos despedimos y los seguí con la mirada hasta la entrada de un barracón construido donde estuvo el campo de fútbol de mi infancia. El pedegé había instalado allí su sede, que se había convertido en mezquita tras la llegada de los militares. Por unos instantes me reproché no acompañarlos para restablecer el contacto. ¡El PDG les había dicho tantas veces y tanto tiempo que nosotros no amábamos ni a dios ni a nuestro país! Mori había desaparecido. El sol se había puesto y yo seguía allí, con el corazón un poco encogido en medio del silencio y de la noche. Salí y caminé al azar. Aquí vivía la primera muchacha que amé, allí estaba la casa de la bruja sitan; aquí la escuela coránica, allí vivía el viejo cissé, que vigilaba su mango como un leproso su lepra; aquí jugábamos a las canicas, allí nos medíamos en las peleas; aquí, allí, aquí... Las cosas habían resistido mejor que los hombres. Fue «tronco» quien una vez más acudió en mi ayuda.

—¿Adónde vas, mamy?

—Estoy buscando cigarrillos y bebida.

Lo que buscaba estaba justo al lado. Me acompañó a casa de la vieja oumou. Hechas las presentaciones, ella cogió la vela y me alumbró la cara.

—Es verdad, eres tú —concluyó con cara de satisfacción—. Tu tía me hablaba de ti cada vez más a menudo antes de morir. Yo apenas te conocía. Acababa de instalarme aquí cuando te fuiste.

La observé a mi vez. Era tan vieja que ya debía serlo por entonces. Realmente el PDG había trabajado bien para poder conservar semejantes momias.

—¿Qué va a ser, chicos?

El hangar estaba vacío. Me senté con autoridad en un taburete. La gente no había terminado de rezar y yo no sabía adónde ir.

Apremié a «tronco» a seguir mi ejemplo. También quería informarme sobre tía fanta. Cómo había muerto, de qué, para qué me quería y qué me había dejado.

–¿Tienes noticias de faya, el *boy* de tita que siempre estaba enfermo? –empecé.

–Sigue enfermo, hermano, pero todavía vive. Tenía que salir del hospital esta tarde. Ahí tienes a un tipo que ha enterrado a todos los médicos que lo habían condenado.

–¿Y el viejo salimou?

–Murió después que el PDG. ¿Y sabes a qué edad? ¡Noventa y seis años! Y no le echábamos más de ochenta.

Bebíamos al resplandor de la vela mientras la vieja oumou nos escuchaba. De pronto, vino la luz, seguida de gritos de júbilo y un breve aplauso. La vieja parecía muy orgullosa.

–Hasta después de la muerte del PDG no tuvimos derecho a la corriente en kankán. Desde las siete y media hasta las once de la noche. El PDG sabía que no éramos buenos militantes de su pedegé. ¡Vivan los militares!

No entraba en mis costumbres aplaudir. Cuando las cosas van bien, pienso que ocultan alguna desgracia, y cuando van mal dadas me arremango.

–Mamá oumou, ¿de qué murió mi tía?

–Bueno, se murió como todo el mundo, hijo mío. Dios la llamó a su lado. Pero tengo la impresión de que si hubieses estado aquí aún estaría viva. Me había convertido en su mejor amiga. Jamás venía aquí, por supuesto, era yo la que iba a su casa. Le decían: «Tú, que eres hadja,[18] ¿cómo puedes permitir que una vendedora de alcohol mancille tu casa?», pero no consiguieron separarnos. Hasta cuando me detenía la milicia, era ella la que me sacaba de la cárcel. Era una mujer de verdad. Un día vinieron a detenerme a la una de la madrugada porque no había tenido tiempo de asistir a una de sus reuniones de los viernes. Me la encontré en la celda de comisaría junto con una decena más de hombres y mujeres. Cuando entré y el miliciano se disponía a cerrar la puerta, fanta le dijo: «¿Por qué quieres encerrarnos con estos viejos? Hazlo si quieres, pero apuesto a que vas a tener tantos cojones como tu padre, al que conocí muy bien». Pues bien, nos dejó la puerta abierta. Y nos hartamos de reír.

Entonces entraron dos personas que ella nos presentó: un comisario de policía y un contable comisionado. Era la única diferencia entre ellos. Los dos eran ex pedegés y estaban borrachos.

—No hables demasiado —me aconsejó «tronco» al oído—. Son los dos de la pasma. Siempre van juntos.

El primero de los dos guripas besó a la vieja en las mejillas mientras que el otro le decía:

—No porque seas de la policía tienes derecho a hurgar en su boca —y se echó a reír. Primero nos mostró los dientes y después los dedos antes de señalar a su hermano con la lengua demasiado corta.

—No los tomes por imbéciles —siguió diciéndome «tronco» al oído—. Los dos han enterrado a más gente que diez asesinos.

«Tronco» me estaba poniendo nervioso. Yo no era un niño y las cosas habían cambiado, mierda. Si todavía quedaban dos de la bofia en kankán, ¿por qué no librarse de ellos? La gente estaba harta. En cuanto se sentaron, la vieja puso entre ambos una botella de whisky y luego se acercó a nosotros.

—Hijo mío, precisamente tengo una copia del inventario de los bienes que ha dejado tu tía.

A continuación, me aseguró que la había hecho autentificar por un registrador inmediatamente después de la muerte de tita por temor de que me expoliasen. Ya no podía estarme quieto. Le pedí la preciosa lista. Fue a buscarla.

—Era una mujer maravillosa —dijo «tronco».

La vieja ya volvía.

—Aquí está, no me ha costado dar con ella, la tenía bajo la almohada.

Tomé los dos pliegos. Me había convertido en propietario de:

una plantación,
un reloj,
tres kilos de prótesis dentarias,
once sostenes,
cuatro bragueros antihernia,
un condón,
un perro.

—Todas esas cosas están a tu disposición en el momento en que lo dispongas —dijo la vieja mientras yo proseguía mi enriquecedora lectura.

—Y eso no es todo —encareció en cuanto dejé los pliegos—. El día que murió quería verte a toda costa. Estoy segura de que tenía otro importante tesoro que revelarte.

Los dos polizontes se volvieron a nosotros y se pusieron a escuchar sin disimulo. Debían de añorar los tiempos del pedegé, cuando me habrían torturado sólo por el placer de conocerme.

—Es cámara, el sobrino de la vieja fanta —acabó confesándoles la fiduciaria—. Acaba de llegar.

–¡Ah! –dijeron los dos a la vez–. ¿Y a qué se dedica?

–Soy director de una compañía.

–¡Ah! –dijeron otra vez–. ¿Y a qué ha venido?

–Soy kankanés.

–¡Ah! Ahora vuelve mucha gente y cada vez hay más robos.

–Pues el pedegé no ha dejado mucho que robar.

–¡Ah!

Me levanté y les solté un hasta la vista. En la puerta, la vieja me preguntó si no le había llevado nada. Le hablé también del gran avión antes de añadir que tenía un gran botiquín.

–Pues precisamente estoy enferma, hijo mío.

Sin preguntarle qué enfermedad tenía, le prometí su medicina.

–Yo también estoy enfermo –dijo «tronco».

–Nosotros también estamos enfermos –añadieron los dos de la pasma.

Pasé la mañana del día siguiente repartiendo medicinas. Me había convertido en el doctor milagros. Curaba la gota, la diabetes, las úlceras, las hemorroides, los dolores de cabeza, las anginas, la hipertensión y la hipopótama; la impotencia y los furúnculos. Estaba convencido de poder retorcerle el pescuezo a cualquier mal. ¿No le había pedido acaso a mi amigo el farmacéutico cosas para encontrarse bien? Aseguraba a todos: «Ya verás como esto te sentará bien, para eso estoy aquí; confía en mí».

A las seis de la tarde, la ciudad dormía, arrullada por un profundo ronquido. Hasta la llamada del almuecín parecía un bostezo: ése no se había tragado toda la dosis recetada. No debía de ser un buen militante del ex pedegé si se había atrevido a dudar de la palabra de un hombre. Peor para él.

–Hoy hemos trabajado mucho, merecemos un poco de descanso. ¿Y si fuésemos a ver la plantación de tita? –les dije a «tronco» y a mi hijo.

Estaba al otro lado del río milo. El puente tenía más de treinta años, pero no se derrumbó a nuestro paso. Les conté la historia del viejo labrador, aquel que en el momento de morir se la pega a sus hijos mandándoles arar un campo que él no había tenido fuerzas para cultivar en toda su vida. ¡Menudo sinvergüenza! Menos mal que tita me había dejado una plantación. Quién sabe si al pie de alguno de sus miles de árboles habría un tesoro escondido. Es más fácil desgajar un árbol que arar un campo.

–Ya estamos llegando –anunció «tronco»–. Es allí.

Allí estaba lleno de hierbas más altas que los arbustos.

–Tu tía ya no cultivaba nada por culpa de los milicianos que arramblaban con todo para la fábrica de frutas del pedegé.

–¿Qué fábrica?

–Está por allí, pero ya no funciona.

¡Tanto mejor! No hay mal que por bien no venga. Al menos los kankaneses se comerán sus mangos. Estábamos en la linde de la plantación.

–¿No habrá serpientes? –pregunté.

–¡Bah! No muchas.

Era tranquilizador. Puse el pie por primera vez en mi plantación con precaución, como el primer hombre en la luna. Parecía sólida y avancé, seguido por los demás.

–Todo esto nos pertenece, aunque no se vea nada –le dije a mi hijo.

«Tronco» nos daba ánimos.

–Un poco de agua será suficiente para revalorizarlo, y el río milo no está lejos y llueve a menudo.

Yo iba pensando: «¿Bajo qué árbol se oculta el tesoro de tía fanta? ¿Habrá mucha broza?». La mejor forma de saberlo era eliminando las hierbas. Entonces me agaché. Los demás siguieron avanzando ayudándose de los brazos, debieron pensar que tenía ganas de mear. Encendí una cerilla. Aquello prendió despacito, muy despacito, pero luego la cosa estuvo a punto de superarnos. Por fortuna, no teníamos pelos en los pies. Desde la carretera, contemplamos el hermoso y salvaje incendio que se propagaba con la rapidez de una mancha de aceite.

—Papá, a lo mejor debajo hay petróleo.

—No diré nada, mamy, te lo juro.

¿A qué se refería «tronco», al fuego o al petróleo?

—Volveremos mañana —decidí.

Ya había caído la noche cuando regresamos a la ciudad, que seguía durmiendo.

—Como puedes ver, «tronco», soy un benefactor. Todo kankán duerme porque todo kankán tenía sueño desde hace un cuarto de siglo.

—En cualquier caso, eres un buen doctor, cámara.

El dueño del cine vox no era de la misma opinión. Ya había oído hablar de mí. Y él no estaba enfermo, o mejor dicho, se encontraba perfectamente porque esperaba llenar la sala con un western, «porque antes, señor cámara, proyectábamos sobre todo películas chinas o indias y ahora la gente quiere otra cosa, como esta película, en la que sale un tipo justiciero que lo prende fuego todo en cuanto ve una serpiente».

Nos miramos, por el asunto de mi pequeña fogata para quemar broza, que debía de estar a punto de incendiar la parte posterior de la ciudad.

Con gran sorpresa por mi parte, vi una docena de espectadores en la sala. O no se habían enterado de mis dotes de curandero o eran enfermos que desconocen su enfermedad, como la mayor parte de los que se encuentran bien. Era una buena película: se veía casi todo y el resto se oía estupendamente. Según «tronco», era la mejor sala de cine de todo kankán. El héroe se parecía un poco a mí, modestia aparte. Un día volvió a su casa para recuperar la posesión de sus bienes. Le pidieron que demostrase que se llamaba tony; en aquella época, el único documento de identidad válido era la pistola, así que se liaron a tiros por todas partes. Aplaudimos.

Al salir encontramos a los dos guripas. Parecían preocupados.

—Señor cámara —dijo el primero—, señor cámara, mire cómo no andábamos descaminados al temer la llegada de gente a nuestra ciudad. Se ha declarado un terrible incendio al otro lado. Pero gracias a usted tenemos una idea de quiénes pueden ser los culpables. Así que ya podemos tacharos de la lista a los tres. Nos queda una decena de personas, todos los que no se han dejado anestesiar por usted.

—Por eso hemos venido al cine esta noche —agregó el segundo—. Porque para prender fuego hay que estar despierto, ¿verdad? Y cuando uno está despierto, ¿adónde va?

—Al cine —respondí.

El primer secreta se encargaba de reagrupar a todos los espectadores mientras el otro nos aseguraba:

—El culpable está entre ellos; cuando se sabe buscar, seguro que se encuentra.

—Gracias por todo, señor cámara.

Y se marcharon con sus culpables detrás.

—Ya te lo decía, amigo mío, son muy competentes. Mañana mismo sabremos el nombre del cerdo que ha provocado el fuego.

Miré a «tronco». Su tono era tan convincente que empecé a dudar de mi gesto de pirómano.

–¿Sabes una cosa? –prosiguió–, hace dos años vivíamos aterrorizados por un maldito violador de mujeres. Imposible echarle el guante. Nuestras mujeres y nuestras hijas daban de él descripciones fantasiosas y demasiado contradictorias. Cualquiera habría dicho que se lo pasaban bien con el tipo. Pues mira, aunque parezca mentira, allí donde los milicianos fracasaron, los dos guripas triunfaron en un dos por tres. Arrestaron a tres jóvenes que denunció una puta, y los eliminaron. El sádico debía de estar entre ellos, porque nunca más se oyó hablar de él.

Nada que objetar a eso. En el fondo, había hecho un enorme favor a la gente que había logrado anestesiar. Un gran punto positivo para el balance aritmético y moral de la jornada añadido al de la intervención curativa. Se lo conté a mi hijo mori. Muchas veces, tras un mal aparente, se oculta un bien aparente. Empezaba a llover. Nos apresuramos a regresar. En casa nos esperaba georges. Lo abracé. No había cambiado. Ni una sola cana, y tan atildado como siempre.

Georges era un caso. Un día apareció entre nosotros en el barrio, allá por los primeros tiempos de la independencia. Jugaba mal a la pelota, pero acabamos adoptándolo por su buen humor. Nadie sabía de dónde venía; nadie le vio jamás escribir, ni mencionar siquiera a sus padres o su país.

–Estás tan en forma como siempre, georges.

–Es un ex dignatario –añadió «tronco»–. Mandaba la milicia del comité.

–¿Es verdad eso, georges?

–No tuve más remedio, hermano.

Me pidió un cigarrillo. Mientras lo encendía, apareció mouloukou resoplando.

–Desde que me enteré de que estás aquí, ando buscándote por todas partes, mamy.

Y ya eran dos los que los dos policías habían olvidado. A mouloukou nunca le tuve mucho aprecio. Quizá por ese nombre suyo que significa «lagarto», aunque él lo llevaba dignamente. En el colegio, acarreaba la cartera al maestro; durante el recreo, le limpiaba la bici, y por la noche le barría la casa. En cuanto veía un árbol, tenía que ser el primero en trepar a la rama más alta.

–Otro ex dignatario –dijo «tronco»–. Pero más importante. Era él quien obligaba cada noche a mi vieja a balbucir *baba la ba la ba cre ba*, «la cabra de grandes cuernos de babá».

–Era por su bien –se defendió mouloukou . Tenía que aprenderse la letra be, como todo el mundo.

–¿Y tu madre, se sabía la jota de joder?

Me levanté para apaciguar los ánimos. Una pequeña tragedia se cernía sobre nosotros y no quería que los dos polizontes arrestasen a más insomnes.

–Con estos dos, ya no sabía qué hacer –prosiguió «tronco» señalando a georges y a mouloukou–. Cuando había desfile, tenía que escoger: ir con el comité o con mi fábrica de ladrillos. Si iba con unos, los otros se enteraban. Hubo días en que quería partirme en dos o tres para tener contento a todo el mundo.

–Bueno, amigos, no estamos aquí para ajustar las cuentas –dije en tono conciliador.

–De todas maneras, deteníamos porque era lo que se hacía –respondió georges.

–Yo he detenido a perros por molestar en un desfile –añadió mouloukou.

–¿Sabes cómo llamábamos a los milicianos? Los «milcanes». No ladraban porque llevaban el pito en la boca.

–¿Alguien sabe para qué quería verme mi tía? –dije para desviar la conversación.

–Déjale hablar, cámara –respondió mouloukou–. Todos tenemos la conciencia tranquila porque no sabemos de nadie que no haya robado, mentido, traicionado o matado al menos una vez durante el reinado del PDG. Hoy los únicos que podrían juzgarnos son los muertos, y no todos. El PDG ha muerto, ¡alá sea loado! Se ha convertido en el verdadero héroe libertador.

Mouloukou «el lagarto» olvidaba demasiado pronto que yo también era un héroe. Ya iba siendo hora de demostrárselo a aquellos pobres diablos alimentados de veintiséis años de pensamiento PDG.

–En la actual coyuntura mundial, cuando uno se toma la molestia de subir a la plataforma financiera, ¿qué es lo que ve? El infinito arriba y los ceros abajo; dicho de otro modo, mientras que el hálito de lo inmaterial os produce un escalofrío positivo en la subjetividad del más allá, la gravedad de lo material os obliga a aferraros a la objetividad de la historia de los pueblos que...

Volví la cabeza. Sus ojos brillaban de admiración.

–¡Santo dios! Seguro que tienes razón –dijo «tronco»–. Al mismísimo PDG le gustaba mucho hablar del pueblo, de lo inmaterial y de lo material.

–La cultura es bonita –encareció georges–. ¿Cómo la has conseguido? Nosotros sólo teníamos derecho a los discursos del PDG.

–En todo caso, cámara, lo que has dicho es muy acertado –añadió mouloukou «el lagarto».

A fin de cuentas, el PDG había hecho un buen trabajo. Para

comprender lo que yo acababa de decir se necesitaba hipercultura. En aquel momento, alguien golpeó suavemente la puerta. Callamos.

–Patrón, soy yo.

Me costó reconocer a faya, el incombustible faya. Lo recordé cuando sonrió. Llevaba su eterno jersey blanco. Algo enflaquecido y acaso un poco más bajo. Aunque quizás era yo el que había crecido y engordado después de más de treinta años. Le temblaban las manos y creo que estaba a punto de llorar. Yo también. Había servido a mi padre y a mi madre, y cuando ellos murieron, los tres, él, mi hermano y yo, quedamos al cuidado de tía fanta. ¡La de gallinas del vecindario que me había ayudado a robar!

–Éste es «alá es grande» –dijo mientras trataba de abrazarlo.

«Alá es grande» era un perro del tamaño de un cachorro.

–No es malo, y además está ciego –agregó.

«Alá es grande» formaba parte de mi herencia. Tomé en brazos al viejo cachorro y abracé a faya.

–Me dijeron que estabas en el hospital, faya.

–Es verdad. Pero me enteré de que habías vuelto y de que traes unas medicinas extraordinarias. Así que aquí me tienes. De todas maneras, con su revolución nunca tuvieron tiempo de atender a los enfermos, y los nuevos patronos tienen demasiado trabajo con los sanos.

Estreché al perro conmigo al sentarme. Los demás no decían nada. El ruido de la lluvia se iba amortiguando. Le rogué que tomase asiento.

–No, patrón, no tengo ganas de sentarme. Vivo justo al lado. No sabía que estuviese ocupado.

E intentó recuperar al perro.

–¿Casado? –le pregunté, sujetando al animal entre mis brazos.

Los otros se burlaron.

–No, patrón. Es demasiado viejo y está casi ciego.

Rompieron a reír abiertamente.

–Se refería a ti, faya –dijo georges.

«Alá es grande» empezó gruñir. Lo solté. Se fue directo a por mouloukou. En aquel preciso instante, los grupos electrógenos de la ciudad, a pesar del entusiamo de la liberación, se cansaron. Mientras cada cual se registraba en busca de una cerilla, los gruñidos se iban haciendo más amenazadores. Y de pronto oímos el alarido de mouloukou «el lagarto», rematado con el sonido seco de un desgarro.

–Es una vieja cuenta pendiente, patrón –me aseguró faya–. Un día mouloukou detuvo a «alá es grande», y de eso hace ya más de quince años.

¡El bravo «alá es grande»! La mula del papa sólo esperó siete años. La vela estaba encendida y mouloukou había desaparecido.

–No vuelvas a llamarme patrón, Faya –comencé.

Llamaron otra vez a la puerta. Faya lo aprovechó para sujetar al perro que empezaba a ladrar otra vez. «Alá es grande» no se equivocaba. Entraron el ex presidente del comité y su esposa, seguidos del secretario del ex comité y dos más que nunca habían sido ni presidentes ni secretarios; seguramente ex milicianos o votantes. Todos iban vestidos de blanco, a la moda del PDG. O no se habían enterado del cambio de régimen o creían que el uniforme militar era blanco.

–Para venir a saludar al hermano os podríais haber puesto otra cosa, y no ese traje de luto –les dijo «tronco».

–¡Pero si no tenemos otros! –le contestó con malicia la gorda–.

Ten cuidado, «tronco». Todos los enemigos del pueblo serán desenmascarados. El día en que vuelva el PDG...

Una linda masacre en perspectiva. Aquella concentración de antiguos militantes-milicianos empezaba a atacarme los nervios.

–Es verdad, señora, aquí el blanco es señal de luto –empecé.

Se levantó con un gesto seco y ordenó a sus hombres que la siguieran. Me hice a un lado para dejar paso a su enorme pecho, como el de un rebaño de vacas.

–La mujer era el capital más importante del PDG –dijo «tronco».

A las nueve, kankán seguía durmiendo. A las diez, todavía no había despertado. ¡Pues no podían haber sido los placebos que había repartido la víspera los que adormecieron a mis queridos conciudadanos catorce horas seguidas! Faya, seguido de «alá es grande», vino a darnos los buenos días y se sorprendió al encontrarnos levantados.

—Hay que dormir más, patrón, estás de vacaciones.

—¿Me estás diciendo que los kankaneses están de vacaciones?

—No, patrón. Nosotros trabajamos todos los días, pero ¿a qué viene tanta prisa? El trabajo no se acaba nunca.

Un punto de vista nada despreciable. Acto seguido nos preguntó qué nos gustaría comer a mediodía. Queríamos un cordero. Nos dijo el precio: con eso se podía pagar el sueldo de tres meses de un honesto funcionario. Saqué el dinero.

—Patrón, usted no es un cualquiera.

Su observación me gustó, pero volví a reprocharle que siguiese llamándome patrón. Después le dije a mori que se quedase ayudando a faya y me fui a casa de la vieja oumou. Estaba resuelto a ver mi herencia. De camino, me topé otra vez con los dos guripas.

–¿Qué, ya ha sido detenido el culpable? –les pregunté.

–Ha sido muy fácil –respondió el segundo esbirro–. Todos han podido justificar en qué emplearon su tiempo, menos uno.

–Y encima era tartamudo –añadió el primero.

¡Ojalá el PDG hubiera sido tartamudo! Lo justo para que lo hubieran arrestado.

–Me he enterado de que sólo ha ardido la plantación de tía fanta. Si tuvierais la bondad de soltar a ese infeliz, os quedaría muy agradecido. De todos modos, más tarde o más temprano yo mismo habría quemado aquel montón de hierbas. Mato un cordero a mediodía, ¿vendréis, verdad?

–En principio, hacemos jornada intensiva, señor cámara. Pero aparte de soltar a ese sinvergüenza, no tenemos casi nada que hacer.

Nos despedimos. Encontré la casa de oumou llena de gente que se me echó encima: todos los que aún no había medicado me rogaban que me ocupase de ellos. La vieja tuvo que rescatarme de aquel agobio, y nos encerramos en su habitación.

–Hijo mío, todos estamos orgullosos de ti. Hace años que no dormía por culpa de la espalda. Lo había probado todo. ¡Ah! Si tu tía aún viviese, no estaría muerta.

–Precisamente venía a por las cosas.

Se calló de mala gana, se agachó y sacó una caja de cartón de debajo del camastro. Abrí una ventana para disimular la emoción. Nunca había hurgado en un paquete que contuviese los restos de una tía. Cuando me puse a pescar en su interior, lo primero que saqué fue un reloj. Lo zarandeé y lo golpeé contra el borde de la ventana, pero no había nada que hacer. Ya no tenía ni manecillas. Me lo eché al bolsillo. Tal vez saliou, el cirujano de relojes, podría decirme qué enfermedad padecía en realidad. Luego cogí una gran lata. En su interior encontré dentaduras desdentadas, dentaduras con sus dientes e infinidad de dientes, casi todos monstruosos. Si habían sido de mi tía, debió de cambiar de mandíbula durante mi ausencia. Y debajo de todo, al fondo, vi unos toscos trapos con unos cordelillos. Lo solté todo, asqueado.

–No has terminado, hijo.

La vieja tenía razón. Debía llegar hasta el final. Entre los trapos descubrí una especie de goma. A primera vista parecía un calcetín, pero más largo. Visto de cerca, era como una trompa de elefante tallada en caucho de neumático, con trozos de esparadrapo, para asegurar la estanquidad, seguro.

–Era el condón de «la estrella de parís» –dijo la vieja con ojos chispeantes–. Con el antiguo régimen, cada cual se las arreglaba como podía. Las malas lenguas decían que en guinea el PDG era el único que llevaba los pantalones. Pues esos pantalones no habrían bastado para alojar semejante condón. Todo esto es para ti, hijo mío. Ya ves que tu tía se acordaba de ti. La muerte de «la estrella de parís» nos afectó a todos.

Examiné de nuevo el increíble condón. La función crea el órgano. Si eso es cierto, el último marido de tita no pudo descansar mucho. Comprendí la agresividad contenida del pequeño michel cuando un día declaró: «A cada francés le faltan de media dos centímetros para llegar al fondo de su *nana*; suponiendo que en francia haya veinticinco millones de mujeres, son quinientos kilómetros de vagina inutilizables por culpa de los inmigrados».

¡Pobrecillo! Eso no lo dejaba empalmar. Salí, con mi preciosa herencia bajo el brazo. Faya llegó sin aliento.

—¡Patrón, el cordero se ha escapado!

Y cayó a mis pies, como el famoso corredor de maratón. No perdí la sangre fría. Le arrebaté el enorme cuchillo oxidado que llevaba y lo enarbolé como una bandera.

—A por el cordero, amigos míos —grité.

Fue la crecida del torrente que revienta el dique, la manada de elefantes furiosos, el bullir del hormiguero. Un minuto más tarde, no se había salvado más que el indestructible condón de «la estrella de parís». El reloj, aplastado; los kilos de dentaduras, hechos añicos; las mesas, patas arriba, y faya, pisoteado.

—Hijo mío, has hecho una barbaridad —me dijo la vieja—. No hace tanto tiempo, arrancábamos las marmitas del fuego. Para saber si alguien había matado algo, mirábamos al cielo para observar el vuelo de los buitres, los que la hambruna aún no había forzado a emigrar.

Sin duda la pobre vieja exageraba, como toda la gente traumatizada.

—Hijo, tendrías que haberme dicho que tenías medios para comprar un cordero.

Me llegaba rumor de refriega. Salí. El gran mercado de kankán se había convertido en la katanga de los tiempos de tshombé, la biafra de gowón y la uganda de idi amín dadá. Las mujeres aullaban. Caían y se volvían a levantar corriendo, porque todo animal que fuera a cuatro patas podía confundirse con un cordero. La multitud se calmó en cuanto me vio, como cuando el PDG se acercaba al micro para sekutear con su paso magnético.

—Kankaneses y kankanesas —comencé—, si ayer os curé, hoy os daré de comer. Vuestros viejos dirigentes se cebaban mientras vosotros pasabais hambre.

Era una banalidad, pero me interrumpí y cerré los ojos para darles tiempo a aplaudirme. Ni una palmada. Abrí prudentemente un ojo y descubrí lo que los paralizaba: llegaban los dos de la pasma enarbolando un cordero por encima de sus cabezas. Me abrí paso entre el gentío y salí a su encuentro.

—Sois inevitables pero eficaces —los felicité.

—Peeero ééése no eees —soltó faya a mi espalda.

—¿Pero qué dice este borrego? —dijo uno de los dos guripas.

Y mira por dónde, un borrego es un cordero.

—Queridos conciudadanos, os prometí un cordero. Aquí lo tenéis.

Esta vez me aplaudieron a rabiar. El cordero me miró con los ojos anegados en lágrimas.

—Conciudadanos y conciudadanas —proseguí—, en la actual y decisiva coyuntura, ¿qué nos hemos encontrado?

—¡Un cordero! —gritaron las masas.

Yo también miré al cordero. Volvió la cabeza asqueado. No tengo la culpa de que se sacrifiquen corderos en los momentos decisivos.

—¡Larga vida al cordero y guía nuestro! —gritó alguien llevado por su entusiasmo, o simplemente por costumbre.

Diez enormes puños se abatieron una y otra vez sobre su cabeza.

—A fe de cámara fakoli filamudú cámara... —exclamé a mi vez cuando cesó el ruido del aporreo.

No pude terminar. Me izaron y me encontré a hombros de mamadi-delco. Mamadi, el gran mamadi-delco, el que siempre, hasta cuando éramos chicos, había sido un gigantón. Ya por entonces era el único capaz de llevar a hombros al maestro cuando jugábamos. Yo le llevaba la cartera y él me defendía. El día que lo expulsaron, empezó a interesarse por los delcos de los coches.

–Si me hubieses dicho que venías, yo...

No daba con la palabra.

–Hiciste bien en huir, amigo –concluyó.

No me atreví a desengañarlo. Yo no desearía jamás el exilio ni a mi peor enemigo. Proscrito en tu país y chivo expiatorio fuera de él. Con la tierra encogiéndose bajo tus pies y el cielo extendiéndose sobre tu cabeza.

–Sigo siendo chófer, mamy. Veinte años en los bomberos hasta que el PDG decidió que cada cual tenía que apagar el fuego que había prendido.

¿Qué habría hecho entonces dios con su infierno? ¿Y el presi, que amenazaba con el fuego eterno a sus enemigos?

–Ahora estoy en pompas fúnebres. El coche está aquí mismo.

Le seguí, con el cordero detrás mío precediendo a los dos policías y a la chusma. Un vehículo soberbio, de un negro reluciente, nos esperaba debajo de un mango, el coche más bonito que había visto durante mi estancia. Los dos de la secreta subieron atrás al cordero y se sentaron a su vez manteniéndolo tendido entre ambos. Como yo no era un cualquiera, ocupé con autoridad el asiento del muerto. Mamadi-delco arrancó con suavidad. Mis queridos conciudadanos, con parsimonia y dignidad, nos acompañaron. Jamás cordero alguno fue conducido al matadero con tanta compunción en un coche de pompas fúnebres.

–Sin problemas con el delco –me aseguró mamadi-delco con una mano apoyada amorosamente en el cambio–. Una cosa buena que tenemos que agradecerle al PDG. Hasta poco antes de morir no se enteró de que paseábamos a los muertos antes del entierro en unas simples parihuelas, y a menudo sin mortaja. Era un gran musulmán.

Y yo que siempre creí que no le gustaba kankán.

—¿Cómo os las habéis arreglado para recuperar el cordero? —pregunté a los dos comisarios.

—Hemos hecho *be-beee* y ha venido. Ha sido fácil.

—En efecto, sólo había que caer en ello.

—El señor cámara todavía no parece convencido de que somos competentes. Con el pedegé deteníamos hombres. Conque un cordero...

«Tronco» y mori nos estaban esperando. El cordero fue conducido inmediatamente al centro del patio. Al punto diez cuchillos le acariciaban el lomo.

—Hace falta un auténtico morabito para degollarlo —sugirió un envidioso que no tenía cuchillo.

Alguien se acordó del tartamudo. Precisamente merodeaba por el barrio y lo trajeron a la fuerza. Enseguida le dieron la vuelta al cordero como si fuera una página de un libro apasionante, y todo el mundo se acuclilló para la lectura de la *fatiya*. El cordero había cerrado los ojos. Lo imité. Oí unos ¡toc! ¡toc!, como el goteo de un grifo estropeado. Seguramente era el ruido de las salivas al caer en el fondo de los estómagos. Me acerqué al animal y le tapé las orejas. Era innecesario que se llevase una mala impresión de su existencia kankanesa. El tartamudo, por su parte, seguía luchando con las palabras que se resistían a salir.

—Que se limite a musitar la oración, o que haga como si lo hace —sugirió un viejo—. Si no me moriré yo antes que el cordero.

–Tendríamos que haberle mandado a la cocina porque lo único que sabe hacer es prender fuego –remató otro desde algún punto entre el gentío.

En aquel instante explotó el tartaja. Sólo recuerdo dos cosas:

a) su «¡Peeero eeeso no eees veeerdad!»

y b) su zambullida entre la masa acuclillada blandiendo el cuchillo.

En cuanto desperté a la mañana siguiente, escribí a mi ex patrón y actual socio.

Querido michel:

Desde conakry no pude enviarte ni siquiera una postal porque desde que llegué los guineanos no me han dejado ni respirar. Ya se habían enterado de que no era un cualquiera. Aunque para el PDG había sido un cero a la izquierda, me recibieron como a un héroe. Por dondequiera que iba me pedían autógrafos o entrevistas. Desde el aeropuerto hasta la ciudad, pese a la lluvia y la oscuridad, había gente, mucha gente. Creo que toda la población de conakry estaba allí y todos me aclamaban. Tuve que bajarme del gran mercedes descapotable que las nuevas autoridades habían puesto a mi disposición. Me apeé para estrechar las manos mojadas; fue mi primer baño de multitudes. Llegué completamente empapado a la mansión que me tenían reservada: uno de esos bonitos chalés que el PDG mandó cons-

truir para agasajar a sus homólogos, ésos que tenían que nombrarle presidente de la OUA. Pero tú ya me conoces. En cuanto me enteré de que había barrios de chabolas por todas partes, acepté la hospitalidad de un viejo amigo. Yo no soy un jefe de estado africano de ésos que piden limosna desde sus palacios dorados. Así que pasé mi primera noche en casa de un auténtico guineano: comiendo, bebiendo, bailando y haciendo proyectos. Porque cuando uno es pobre en una tierra tan rica y tan liberada aprende a hacer proyectos. No tenían avión, pero me consiguieron un helicóptero que me estaba esperando para llevarme a kankán. Nos parábamos un instante encima de las aldeas que sobrevolábamos y me entraban ganas de llorar al ver su desolación. ¡Ah..., el PDG ha trabajado a fondo! Un bulldozer no lo habría hecho mejor. En kankán fue el delirio. Me llevaron a hombros desde el aeropuerto hasta la ciudad. Jóvenes y viejos lloraban de alegría. Nada más llegar al palacete que me ha dejado mi tía, abrí su caja de caudales. Estaba llena de oro, plata y diamantes. Mandé comprar comida y bebida. Cien corderos degollados, ¡todos del tamaño de un becerro! Me sentía eufórico. En toda la ciudad no se hablaba más que de mí. Les prometí mejorar su suerte mientras visitábamos la plantación. Es inmensa, con miles de mangos y de naranjos; el verdadero paraíso. Ya lo verás cuando te pases por aquí.

Lo releí y añadí recuerdos para su esposa, la mía, albertine y todos los amigos comunes. Luego llamé a mi hijo para que me buscase un sobre porque me costaba mucho levantarme. He de confesar que el lío del cordero me había dejado, como a toda la población sana, algunas heridas y chichones. Lo que tenía que ser una fiesta acabó en el hospital para casi todos nosotros. Sólo el cordero consiguió salir indemne. Faya –él sí– seguía balando. Tendría que acordarme de retorcerle el pescuezo un día de ésos a ver si así recuperaba la voz. Tenía un montón de proyectos aquella mañana, como todas mis mañanas kankanesas.

Reconocí correos sin dificultad porque estaba igual a pesar de los casi treinta años de independencia. Sólo vi a un empleado. Roncaba ya, el pobre, con la cabeza inteligentemente apoyada en una mejilla y con un perfecto redondel bajo la aleta izquierda que se agrandaba a cada exhalación.

–¡Hermano! ¡Hermano!

–¿Qué pasa ahora? –dijo de mal talante.

Me registré los bolsillos buscando monedas. Se había puesto de nuevo a roncar y no me hacía mucha gracia tener que despertarlo otra vez. El sueño ajeno es sagrado, incluso a jornada completa. Pero necesitaba escribir al gran michel para decirle que, a pesar de la deriva de los continentes y de treinta años de promesas de cambio del PDG, guinea no se había movido, ni en el espacio ni en el tiempo.

–Un sello, por favor.

–Se equivoca. Esto es correos.

Me escuchaba y me contestaba sin dejar de dormir. Me pareció admirable, pero aun así insistí. Refunfuñó algo. Comprendí que tanto daba la alcaldía, la comisaría o el sindicato de transportistas. En todas partes me conocían por lo del cordero.

–¡Cómo que el sello de diez syllis cuesta aquí quince syllis! ¿Por qué?

–Ha habido que transportar el sello hasta aquí, señor cámara.

Es cierto que nadie trabaja por nada. Pero aun así, el sello del pedegé me pareció el más trabajoso del mundo.

–Si sabe de alguien que vaya a conakry, más vale que le dé la carta –me sugirió una señora mientras perforaba entre sus dientes–. Aquí nos quedamos plantados esperando el avión todos los días.

Un sello comprado en balde. No me atreví a protestar. Las otras cinco secretarias perforaban entre sus dientes a jornada completa, pero tras su apariencia bovina intuí una agresividad de perforadoras petroleras.

–¿Tiene algún periódico para nosotros, señor cámara?

Me volví. Fue entonces cuando reparé en la solitaria máquina de escribir de aquella inmensa oficina. Cinco mecanógrafas para una máquina.

–En cuanto llegue el avión –respondí–. Por cierto, ¿cómo hacéis para trabajar con una sola máquina?

–No hacemos nada.

El PDG decía que el mejor marido de la mujer es su trabajo. Pobre trabajo cornudo. Pero ya se sabe, los cornudos son los mejores maridos. Yo sigo siendo del género macho, reaccionario y feudal.

–Hay que ganarse el pan con el sudor de la frente –les comenté con mi valentía habitual.

Al principio no dijeron nada, quizá para ver si era una provocación, una broma o simplemente que no ponía en duda sus virtudes. Pero luego se miraron entre ellas soltando alaridos variados de gallinas amenazadas. Al fin había comprendido otra cosa que dijo el PDG: el hombre adecuado en el lugar adecuado.

–¿Es acaso su padre de usted quien nos paga, señor cámara? Cada vez que vemos desembarcar a un guineano, nos reímos por lo bajo, porque, a ver, ¿de qué vivíais fuera, eh? Servíais al imperialismo, ¿eh? Además, venís con extranjeras que no necesitan que se las follen todos los días. Nosotras no tuvimos elección, pero no huimos para seguir siendo libres, señor cámara, ¿a que no? Resulta fácil criticar a los militares. Ellos también han hecho promesas, pero ¿qué quiere que hagan con las decenas de miles de funcionarios que no tienen nada que hacer si los echan a la calle? Nosotras, las mujeres, nos arrastraremos de puerta en puerta para comer y dar de comer a nuestros hijos y a nuestros seres queridos a cualquier precio. Señor cámara, lárguese y llévese su puerca mollera.

Me largué con mi puerca mollera. No lejos de allí vi una pequeña peluquería, y como el rótulo era prometedor: «trabajo rápido y esmerado», entré. Dentro hacía fresquito, pero estaba tan oscuro que tuve que gritar para dar con el dueño del lugar. Me cogió de la mano y me condujo a un taburete que me llegaba hasta el pecho. Me tuvo que levantar en vilo.

–¿Seguro que aquí cortan el pelo?

Nadie me respondió. Oí un ruido detrás de mí, como si alguien afilase una navaja.

–Señor cámara, yo he cortado algo más que pelo. Cuando salga de aquí nadie lo reconocerá –me aseguró–. ¿Es que no te acuerdas del viejo bassirou, el as de la circuncisión?

Entonces lo recordé. ¡El viejo bassirou! Respetado y temido a partes iguales. ¡La de *bangalas* que había podado hasta los cojones! Le pregunté desde cuándo se dedicaba solamente a las cabezas.

–Primero tuve que hacer de carnicero por culpa de los rusos, hijo mío. Fueron contando por ahí que los padres debían llevar a sus hijos al hospital donde dan unos productos para no sentir nada.

Encima, el PDG decía que cualquier celebración: bautismo, matrimonio o circuncisión, era mala porque salía demasiado cara. Pero mira, hijo mío, la vida es bella cuando puedes hacer del dolor una fiesta. ¿Y cómo puede sufrir un hombre si le quitan algo sin que se dé cuenta? Ahora los jóvenes entran en la vida adulta entre caricias y cogiditos de la mano. Entonces hacen gamberradas, beben y se drogan simplemente para enfrentarse a la vida fácil que les ofrecen y afrontar la muerte que les ocultan. Había que verlos los días que ahorcaban a alguien, excitadísimos antes de volver a ser los críos tímidos y asustadizos que se quedaron al otro lado, en la infancia. Se sienten huérfanos desde que el PDG, su padre regañón, cruel y afectuoso, se mudó para el otro mundo. El nuevo patrón se parece demasiado a un tito bueno. Hoy día toda guinea está enferma, embrutecida, empobrecida e incluso anestesiada, como después de una operación, y estoy seguro de que llevará mucho tiempo descubrir lo que el pedegé, durante veintiséis años, le ha escamoteado.

Redescubría las delicias y sutilezas de mi lengua con aquel hombre que había trabajado con sus semejantes como el que ejerce un oficio cualquiera, con sudor y a menudo con sangre. Ya no me daba cuenta de la vertiginosa altura del taburete.

–Agacha la cabeza, hijo, voy a empezar –me dijo entonces.

Me eché hacia atrás para restablecer el equilibrio y, empujando él, resistiendo yo, ni me enteraba de la desagradable fricción de la navaja sobre mi nuca. Me soltó un momento la cabeza para afilar otra vez la navaja y yo aproveché la pausa para tranquilizarlo.

–Seguramente el PDG estaba lleno de buenas intenciones y toda revolución requiere tiempo para...

–Hijo mío, no vuelvas a hablarme nunca de revolución ni de

independencia. Yo lo he perdido todo y ni siquiera sé si tengo la conciencia tranquila.

Arremetió contra un lado de la sien retorciéndome el cuello hasta el hombro opuesto.

–Cuando me hice carnicero empecé a comprender –prosiguió. Matábamos un buey. El ministro delegado se quedaba con un muslo y el corazón; el secretario federal con un muslo y el hígado; su adjunto con la cola, y la cabeza le tocaba al jefe de la milicia. Cuando los presidentes de comité y sus secretarios y enchufados estaban servidos, atendíamos a los portavoces, y a continuación a todos los demás militantes revolucionarios.

–Vuestros bueyes debían de ser enormes.

–Un buey es un buey, hijo mío. Pero como colgaban a los ministros y a los secretarios federales en cuanto se ponían gordos, nos conformábamos. Es una manera como otra de hacer justicia.

Arremetió contra el otro lado de mi sien.

–Y si hoy volviese el PDG, le devolverían el poder y nosotros aplaudiríamos –concluyó amargamente.

En aquel momento, a nuestros oídos llegaron alaridos de terror.

–Sobre todo no te muevas, hijo mío –me ordenó el ex carnice-ro apoyando firmemente la hoja de la navaja en mi cabeza–. No hay que meterse nunca en los asuntos ajenos.

A pesar de tan sabias palabras, retiré la cabeza y salté al vacío. Me torcí un tobillo y casi me rebané una oreja. Salí, renqueante y ensangrentado. Hombres y mujeres corrían como conejos en todas direcciones y el suelo empezó a temblar. «Tronco» llegaba jadeante.

–Es tu hijo mori –comprendí cuando por fin consiguió meter la lengua para dentro–. Viene con mi excavadora.

La bestia se acercaba.

—Ahí va la navaja —dijo a mi espalda el viejo bassirou mientras se batía en retirada.

La solidaridad humana...

—Huyamos —me aconsejó «tronco».

—Yo no me muevo, es mi hijo —respondí con arrojo—. La ropa sucia hay que lavarla en familia.

Me agaché y recogí la navaja. Había cortado *bangalas*, bueyes y mi cabeza. Pedía al cielo que me infundiese valor para enfrentarme a mi heredero cuando apareció la máquina. Avisté por un instante al chico; luego desapareció en la cabina mientras las toneladas de chatarra zigzagueaban. ¡Buen chico! Le hice señas y el monstruo pareció entender la señal. Se paró un momento y arrancó de nuevo con la atronadora fuerza de diez viejos tanques. La peluquería del ex carnicero quedó arrasada en un segundo. Mori se reía desde arriba mientras nos perseguía. Era la teoría del viejo bassirou. La juventud se liberaba, caía, se levantaba...

Tras la monumental bofetada que le propiné más tarde, el chaval me contó que se reía de mi cabeza: el carnicero me había cortado el pelo a lo «gallo», con un solo mechón como una cresta en la cúspide del cráneo.

M i poclain setenta y cinco no es difícil de manejar –me dijo "tronco". Y me enseñó cómo se hacía. Si pisas dos pedales, avanza; pisa el pedal derecho para girar a la izquierda y el izquierdo para ir a la derecha». Al principio funcionaba, pero me olvidé de cómo se para y cómo se recula. Te lo juro, papá, lo único que quería era demostrar a kankán que no soy el hijo de un cualquiera.

Lo dejé hablar. Así aprende la juventud a justificarse. Todavía lucía en un carrillo las marcas de mis cinco dedos.

–No importa, chaval. Ahora tenemos que ir pensando en cómo indemnizar a todo el mundo. Espero que esa vieja loca de fanta haya escondido un tesoro en alguna parte. Pero ¿dónde?

–¿Y si cogiese otra vez la poclain para remover en la plantación?

–Hijo mío, ¿sabes lo que te digo? O eres un inmenso cretino, o un genio irrecusable.

Puso cara de pensárselo antes de escoger. Me levanté. En ese momento, vi a un bailarín que se nos acercaba. Bailaba la danza eléctrica, el baile de moda. Un paso adelante, medio paso atrás, y la cabeza al compás, mientras los brazos subían y bajaban sincopadamente, como accionando una palanca imaginaria. A mis compatriotas les gusta el baile, pero no esperaba encontrarme en aquel confín de guinea con tan consumado conocedor de un baile que apenas acababa de nacer. El robot se paró pegadito a mi lado. Me pareció haberlo visto antes.

–Soy taram. ¿Me reconoces?

Tuve que hacer un gran esfuerzo de imaginación. Con sesenta kilos más y sin la protuberancia que lucía en la frente, bien podía ser un taram que yo recordaba.

–Siéntate, hermano.

Mori le acercó una silla y él arrancó a bailar antes de ocuparla.

–He estado en camp boiro –suspiró en cuanto se instaló.

–¿Es algún sitio donde enseñan a bailar? –preguntó mi hijo.

Taram soltó una sonora risotada.

–Y que lo digas, chico. Bailábamos al son de la corriente.

–¿Y por eso le llaman el baile eléctrico?

Impuse silencio al cretino con la mirada. Se levantó y se marchó decepcionado.

–En toda la ciudad no se habla más que de ti, hermanito –prosiguió taram–. Tu tía era una mujer formidable. Cuando salí de boiro, al cabo de ocho años, tenía paralizados los pies y los brazos. Un médico me dijo: «come bien y duerme mucho, y algún día mejorarás». Si hoy puedo andar es gracias a ella. Me acogió bajo su techo, me dio bistec a diario y me prestó una dentadura porque ya no me quedaba un hueso sano, ni siquiera en la boca. Mi mujer había fallecido, mis dos hijas mayores se habían exiliado... dicen que allí hacen de putas... y mi hijo se había hecho miliciano y no quería verme. Poco a poco he recuperado mis fuerzas y he ocupado una choza.

Estoy a la espera de que los militares me devuelvan la casa que el pedegé me confiscó cuando me detuvieron.

No quería hurgar en la herida, pero no pude dejar de preguntarle a qué se debió.

–Fue por los alemanes. Yo era su chófer. Cuando estalló el asunto del 22 de noviembre, me acusaron de colaborar con la quinta columna. Fui uno de los primeros detenidos –me juró en tono de alumno laureado–. Los demás llegaron mucho después. Yo fui de la primera promoción.

De modo que era un superviviente del famoso camp boiro, el campo más silencioso del mundo; un silencio hecho de ausencias. Lentamente, iba rememorando los nombres al dedillo, humedeciéndose los labios de vez en cuando.

–De todas maneras –concluyó–, ya no tiene importancia. Todos están muertos. Pasé algunos días aquí, en kankán, y después me trasladaron a boiro. Al día siguiente, me ataron las manos a la espalda hasta lograr que los omoplatos se tocaran, y me obligaron a arrodillarme sobre un montón de cascos de botella, de cara a un muro. Alguien se puso detrás de mí y me oprimió brutalmente las mejillas para sacarme la lengua, a la que empalmaron unas pequeñas pinzas conectadas a una batería. A una señal, sentí que me estallaba la cabeza. Aullé y me di un golpe contra el verdugo. Entonces éste me agarró la cabeza y se puso a jugar con ella contra el muro. En el lance gané una protuberancia en la frente y perdí los dientes que me quedaban. Se me llevaron desmayado. A raíz de aquello entendí la fórmula para sobrevivir. Puesto que no sabía nada, tenía que hacerme el imbécil, el que nunca sabe nada. «Taram, ¿qué hacías por la noche con los alemanes?» «Camarada, únicamente salía para acompañar a la mujer del jefe de proyectos. Estaba tan buena que muchas veces me confundía de palanca por culpa de mi *bangala,* que parecía otra palanca.»

Todos se partían de risa, tal vez para disimular su palanca que les abombaba ligeramente el pantalón. Era gracioso.

Como vi que se reía, acabé haciendo lo mismo.

—Cuando los muy puercos tenían ganas de excitarse, iban a buscar a taram y volvían a preguntarle: «¿Qué hacías por la noche con los alemanes?» Y taram añadía detalles que había omitido la víspera. Yo mismo acabé creyéndome aquella historia, y en cuanto me dejaban volver a la celda, me quitaba los pantalones y me tiraba sobre ellos como si fueran una alemana rubia y guapa. En aquellos momentos, todos mis compañeros de celda se callaban y cerraban los ojos. Cuando había terminado con mi irresistible alemana, ellos también me preguntaban: «¿Qué hacías con los alemanes por la noche?». Era de noche. Y yo hablaba para que los muros retrocediesen hasta las intimidades y para ahuyentar el miedo a la otra noche, la muerte, que a veces entraba descalza para llevarse a alguno de nosotros. Tú que has ido al colegio, algún día tendrías que intentar poner todo eso en buen francés.

Se lo prometí, aunque no sabía qué era eso del «buen francés». Le contaré su historia al gran michel. Si fuera escritor, hablaría de aquella noche de aquelarre, con los alaridos de los desollados y el rumor de las salpicaduras de sangre puntuados por breves discusiones, silencios y esperanzas. Y podría describir cómo al alba, cuando la luz funde un nudo corredizo con un grito y confunde una descarga de fusil con el sonido del champán al descorcharse, aquella humanidad nombraba la muerte en público.

–Dos semanas después de mi arresto, un tropel de mujeres logró acercarse a nuestra muerte para gritar: «Abajo los traidores, colgadlos por los cojones». Pocos días más tarde, la que guiaba el tropel se encontraba entre nosotros, con la cabeza rapada.

Me eché a reír, esta vez antes que él.

–Y eso no es todo, hermanito. No sabíamos nunca si estábamos condenados a muerte o no. De vez en cuando hacían una saca de varios de los nuestros, que desaparecían. Era como la pesca. Cuando uno arroja el sedal, no se lo cuenta a los peces. Nosotros éramos peces en las redes del pedegé, pero también sabíamos que no éramos peces. Si teníamos que morir, queríamos enterarnos de antemano.

»Un día, uno de los guardias tenía el transmisor encendido detrás de la celda. Hablaban precisamente de condenas. Inmediatamente le hicimos la escalerilla al pequeño moctar. Desde allá arriba, con la oreja pegada al único orificio del calabozo, nos transmitía las noticias riendo. «Fulano, te matarán». Se reía. «Mengano, te cuelgan.» Se reía. «Zutano... Tú, taram, te pudrirás en la cárcel.» Abajo, conforme nos enterábamos de esas cosas, nos íbamos retirando de uno en uno de la pila. Y pasó lo que tenía que pasar. El sólido bangura, la base de la escalerilla, estaba condenado a muerte. Se vino abajo y el pequeño moctar cayó con la cabeza por delante. Lo que nos llegamos a reír. Él se lamentaba: «Pero si yo no he hecho nada», y nosotros reíamos. Al día siguiente, fue de los primeros de la saca. Por la noche, cuando fueron a buscarle, había recuperado la risa. Iba diciendo: «A ti te cuelgan, a ti te fusilan... tú, taram, te pudrirás en la cárcel...». Se ve que cuando le pusieron la soga al cuello seguía diciendo entre risas: «A ése lo ahorcan, ese otro se pudrirá aquí... Yo no he hecho nada, no soy un conspirador». ¿Tienes algo para fumar, hermano?

Le encendí un cigarrillo que sostuvo en el hueco de la mano. También le ofrecí bebida.

–¿Qué tienes para beber? He dejado el alcohol, pero no diré que no si tienes.

Faya nunca ha sido fuerte
Pero ha burlado a la muerte
· Larga vida, PDG,
Pero se murió ayer

Taram a camp boiro enviaron
Pero sus verdugos no medraron,
Al PDG por las nubes pusieron
Pero en kankán lo dejaron en cueros

«Alá es grande», ladró un mili-can
Pero era un milico-reptil, nada más

Fue el chaval quien me despertó.

–Papá, roncabas cada vez más fuerte –me dijo.

Luego volvió a quedarse dormido. Fui a sentarme delante de la casa. Todavía era de noche. ¿Qué hora era? Yo jamás me había despertado en plena noche. ¿Buena señal o mal presagio? Todo comenzó con la llegada de «tronco». Taram ya se había marchado con su paso eléctrico tras prometerme que volvería. Estaba pensando en todos aquellos horrores de camp boiro, y «tronco» tomó mi tristeza por un grave síntoma de depresión.

–Conozco a un buen morabito, estoy seguro de que te ayudará a encontrar todo lo que tu tía te quiso dejar.

Eso despertó mi interés por la vida. Y aún me tranquilizó más.

–Te aseguro que es muy competente. Además, hace algunos años curaba a los locos en un día, te lo juro. Cogía a diez chalados, los enterraba hasta el cuello, quemaba varios kilos de guindillas alrededor de cada cabeza y luego las cubría con una lona durante veinticuatro horas. Casi siempre uno de ellos volvía a sus cabales después de la operación –añadió.

No me atreví a preguntar por la suerte de los otros nueve.

–¿Por qué se ha hecho morabito?

–Ya no quedaban locos.

¡Y la OMS que prometía salud para todos a partir del año 2000!

El morabito estaba meando detrás de su casa. Esperamos junto a una mujer. En cuanto volvió con su hervidor, la mujer empezó a explicarse.

–Maestro, he visto a mi padre en un sueño extraño. Se ha transformado en una serpiente que me ha picado mientras cortaba leña.

El morabito no titubeó.

–Hija mía, a medianoche debes echar al río un puñado de mijo y otro puñado de pólvora de fusil, y mañana a mediodía quemas doce cerillas en la tienda de un comerciante de madera.

–Fíjate lo competente que es –me susurró «tronco».

–Pues menos mal que no le ha pedido que haga fuego en una gasolinera.

–Nuestras gasolineras están cerradas.

Se calló. Nos tocaba a nosotros. Le conté mi historia. Cogió el rosario y entornó los ojos.

–Está entrando en comunicación con dios todopoderoso –me aseguró «tronco»–. Pero no hablará hasta que pagues.

Los de la compañía telefónica, al menos, no enviaban la factura hasta después de la conferencia. Por lo visto dios todopoderoso no confiaba mucho en su clientela.

–¿Por qué no pide línea a cobro revertido?

El morabito me fulminó con la mirada. Pagué. Colgó inmediatamente el rosario-teléfono.

–Tu tía no está contenta contigo. Yo la conocí, era una buena mujer. Venía a menudo por aquí y últimamente se quejaba de ti. Has de reconciliarte con ella; si no, nunca estarás en paz. Tienes que sacrificar un cordero –nos confió.

–¿No se podría reemplazar el cordero por otra cosa? –sugerí. No me convenía otro motín en la ciudad.

–En ese caso, tan pronto como vuelvas al extranjero degüella un buey completamente blanco. Aquí estaban reservados para los ex dignatarios y el último de la región acaba de ser inmolado por un militar. Inch alá, será uno de los grandes dirigentes de este país si cumple todas mis prescripciones.

¡Y pensar que los militares prometían devolver el poder a los civiles! En fin, mientras no den caza a los albinos o adoren a todo lo que sea blanco o brille, como el antiguo régimen.

–Pero, mientras tanto, debes...

«Tronco» sacó el lapicero.

No era para menos. Junto con las inevitables nueces de cola, me prescribía mijo rojo, pólvora de fusil, una lagartija, una cabeza de pato, un huevo fresco de pintada, un anillo que me dio él y un pedazo de algodón.

—Debes llevar este anillo cuando estreches la mano de un enemigo, pero cuidado, no debe tocarlo una mujer.

—¿Y si mi enemigo es una mujer?

—No se le da la mano a una mujer que no te pertenece. Pon el algodón bajo la almohada al acostarte y piensa mucho en tu tía.

Así lo hice. Y vi a tita más joven y guapa que nunca, rodeada de milicianos a los que un orejudo enseñaba el baile eléctrico. Floté en el sueño como un mal nadador en medio del mar, lindando con la pesadilla y luchando por mantener la cabeza en el país de los ausentes de este mundo. De vez en cuando, conseguía hacerle señas con un brazo mientras le decía a voces: «Tita, ¿qué querías revelarme?». Pero la vieja sólo pensaba en bailar. Las dentaduras se le caían, igual que las orejas al orejudo, y «alá es grande» se precipitaba inmediatamente a zampárselas. Todo el mundo aplaudía. El PDG acababa de entrar. Sacó a bailar a faya, que desapareció bajo su bubú inmaculadamente blanco. Taram asomó la cabeza y se puso a ladrar. «Alá es grande», le respondió, y los milicianos ladraron a su vez haciendo OUA OUA, y luego O.U.A. O.U.A. Me eché a reír. En ese momento topé con la mirada de tita. Me sonrió y vino hacia mí. Esperaba revelaciones cuando abrió la boca, pero era sólo para cantar.

Permanecí sentado delante de la puerta entre la noche que se alejaba y los primeros resplandores que se acercaban. No llegaba a comprender para qué me quería mi tía. ¿Por qué había insistido en reclamar mi presencia como si en ello le fuese la vida? Tal vez había muerto por mi ausencia. Abandoné enseguida esa idea. Jamás he contrariado el orden del mundo ni los sueños de una mujer ni las esperanzas de un padre o de una madre. Mi esposa, la que más me quiso, bailó de júbilo el día que le anuncié que me iba, mientras la mamá de mori me rugía su odio.

Tal vez sus últimas voluntades fuesen tan sólo las de una agonizante cuando la muerte se presenta para decirte: «Has vivido sin amor y sin hijos, estás sola, pero incluso la soledad se ha cansado de ti. Le das miedo. Te ha frecuentado demasiado tiempo. ¿Qué le has ofrecido tú? Siempre la has ocultado como algo vergonzoso tras tus atuendos y tus frases hechas».

Tita... Como esas mujeres que no pueden tener hijos, se había conservado siempre bella y deseable, resignándose muy pronto a excitar a los hombres sin poder templarlos para la maternidad. Yo era todavía muy pequeño cuando una noche su primer marido la ató y, a la luz de un candil, le rapó la cabeza con un casco de botella. Lloré. Poco después llegó el PDG y prometió la libertad y la igualdad para las mujeres, y a pesar de los siniestros vaticinios de nuestros morabitos, tita me aseguró: «Eso sí que es un hombre de verdad, si hace falta moriré por su partido». Nos sacaba adelante trapicheando durante el día, y algunas noches me cubría con la manta para no oír las groseras risotadas de hombres que a la luz del día fingían no conocerla. A primera hora, cuando ya se habían ido, me tocaba levantarme para aprenderme las lecciones, y a veces la sorprendía en el corralillo del aseo con los ojos cerrados y una mueca de desprecio en los labios, restregándose la piel con un vigor de mancillada. Su negocio empezaba a prosperar y el pedegé tomaba el país. Un día me dijo: «El "no" del PDG no es un "no" contra el blanco, sino el rechazo a todos aquellos que se nos montan encima para obtener su placer egoísta». Yo no entendía gran cosa de política ni de amores y no sabía lo que significaba montar a una mujer. Se monta a caballo o en burro para ir a cualquier parte, como se monta uno a la rama de un árbol para ver más lejos, pero la mujer no es un árbol ni un caballo. Fue mucho más adelante cuando me di cuenta de que la mujer poseía la misma cualidad del caballo y el árbol: llevar al hombre hacia el encuentro. Por aquella época, el PDG cerraba las fronteras y empezaba a encerrar a los maridos para liberar a sus esposas. Más tarde apresaba a las madres para liberar a sus hijos. Cuando empezó a detener a los niños, ya hacía mucho tiempo que yo estaba lejos.

Un día recibí su primera y última carta.

Mamy:

Al principio estaba resentida contigo por haber huido del PDG. Un hombre no debe tener miedo de otro hombre... [Pero a continuación me daba la razón.] En estos momentos la milicia vigila mi casa, que es cada vez más grande y más bonita. Si me detienen, no te creas nunca lo que parece desprenderse de mis «confesiones» por la radio. Tú eres ante todo el hijo que nunca tuve, y un hijo no debe escuchar las «confesiones» de su madre. La semana pasada me mandaron una citación para preguntarme cómo es que una mujer libre podía poseer una casa como la mía. Les respondí que el PDG había llegado para liberar a la mujer. Después se guasearon porque también les dije que me dedicaba al comercio. A continuación, bakary, uno de tus amigos de la infancia, declaró que no era revolucionario construirse la casa con el sexo,

mientras que los otros picarones me proponían una noche.
Que dios nos ayude a ver el final de este régimen.

El PDG murió antes que ella. Sus ruegos fueron atendidos. Pero con eso no adelantaba mucho. Mis pensamientos se volvieron hacia su último hombre, «la estrella de parís». Según laye, sólo era un buen bailarín.

–Las mujeres lo adoraban. Sabía hacerlas soñar. Entre su aldea y kankán no hay ni diez kilómetros y él nunca había ido más allá de kankán, pero a ellas les gustaba oírle hablar de parís. Se ve que allí, en cuanto llegas, cuelgan en su cielo una estrella en tu honor, y así es como parís se ha convertido en la ciudad más brillante del mundo. Cuando te vas, te devuelven tu estrella; pero él contaba que se había marchado clandestinamente para que su estrella siguiera brillando allí para deleite de todos los franceses –añadió «tronco».

Me di cuenta de que no me quedaba tabaco. Me levanté para recostarme bien sobre el algodón del morabito, deseando de todo corazón volver a ver a tita en su otro mundo. Esta vez no vacilaría en gritarle: «La quiero, tita, a usted y a todos los demás difuntos. Enséñeme qué es la vida, porque encierra demasiado dolor para los supervivientes».

El sol ya había salido por detrás de la casa y mis conciudadanos seguían durmiendo.

Mientras esperaba a que el algodón benéfico surtiese efecto, repasé mi condición de huérfano, ex exiliado y flamante patrono. Pero mis pensamientos sólo se adherían a la realidad palpable. Mis bolsillos habían sufrido una fuerte hemorragia financiera, como decía gnamankoroba, que había sido enfermero y lo único que recordaba de sus estudios era la palabra «hemorragia». Por suerte había comprado los billetes de vuelta.

No lograba conciliar el sueño. Más tarde se me ocurrió inspeccionar la habitación contigua a la de tita. Sólo le había echado un vistazo desde que llegué. Como en las novelas policíacas, lo primero que hice fue golpear las paredes esperando descubrir alguna sonoridad prometedora. Aparte de un rosario bajo la almohada, unos mondadientes, una jarra de agua y un montón de trapos, no descubrí nada. Así que eché mano al gran espejo mural; lo descolgué, le di la vuelta y lo agité. Con gran estrépito de vidrios rotos, el espejo se deslizó del marco de madera podrida, y un pedazo de papel cayó a mis pies. Lo recogí al vuelo y salí. Si había algún tesoro escondido, ya lo tenía. Cuando lo desplegué, el rollito de papel se convirtió en un interminable pergamino. Con gran decepción por mi parte, vi que estaba escrito en caracteres árabes. Seguro que era un simple talismán.

En ésas llegaron los dos guripas.

—Estamos buscando a alguien —dijeron a coro.

Sin esforzarme por comprender, les propuse al tartamudo, la víctima ideal.

—El muy cerdo está en el hospital, señor cámara. Ya no se puede confiar en nadie. A lo mejor es un extranjero.

Como había vivido fuera mucho tiempo, sabía que el extranjero podía ser la mejor de las claves para desbloquear las situaciones más inextricables. El PDG se dio cuenta y transformó en extranjeros a la mitad de los guineanos.

—Acabo de llegar, señores míos, pero si os puedo servir, no tenéis más que decirlo.

Se miraron, pero no respondieron.

—¿Qué es eso? —acabó preguntando el primero alargando una mano hacia el pergamino.

Les expliqué el asunto de la herencia y las últimas confidencias de tita.

El segundo examinó el papel.

—¡Pero está en árabe! —exclamó.

—En tal caso es peligroso —sentenció el primero—. No lo toquemos. Puede ser del corán.

Les prometí el oro y el moro si me ayudaban a descifrar el papel.

—El único que sabe árabe es el tartamudo. Se lo traemos enseguida, señor cámara.

—Pero si está en el hospital.

Ya se habían marchado. Desde luego, aquel tartamudo resultaba muy útil. Saqué una silla y me senté. Empecé a concebir proyectos con el tesoro. No era difícil. Guinea seguía siendo virgen. Malquerida... y todavía virgen. En su vientre veía crecer plantaciones, bibliotecas, hospitales y escuelas por todas partes. Por todas partes.

Llegaban los dos polizontes con el tartamudo encajonado entre ambos.

–Dele el chisme ese, señor cámara. Y a ti ni se te ocurra tartamudear –añadió el segundo dirigiéndose al tartamudo.

El tartaja cogió el papel y lo volvió del derecho y del revés hasta dar con el sentido de lectura correcto. Luego se concentró en él, es decir, se puso a examinarlo agitando la lengua como una serpiente enfurecida. Tal vez intentaba hablar de corrido. Yo aguardaba con palpitaciones en el corazón.

–Esto no es nada –dedujo finalmente.

–Nadie te ha pedido un resumen –dijo el primero–. Y no te dejes nada sin traducir.

El tartamudo se tapó una oreja como acostumbran hacer los grandes rapsodas. Al punto brotó su voz liberada.

Te venceré bravamente
Te sobreviviré dignamente
Te enterraré alegremente
Y pagarás ciertamente
Tus veintiséis años de crímenes totalmente
Tú me conocías perfectamente
Yo te conocía supuestamente...

Era interminable. Los dos secretas seguían escuchando. Yo desistí. Me gustan los poemas cuando reservan sorpresas, como los encuentros. ¡Pero con tantos mente-mente-mente! Cuestión de ripio, probablemente, pero al antiguo régimen se le daba tan bien mentir. ¿Y qué le había dado a tita para componer poemas en árabe al final de su vida? Seguramente había sido una gran poetisa de la época del PDG, pero ¿por qué lo ocultaba?

—¡Esto iba en contra de nuestro presi! —se indignó el primer guripa—. Debimos detener a la vieja.

—Es un poco tarde —les recordé.

El morabito-tartamudo había recogido la lengua. Lo había dicho todo y al parecer aguardaba que decidiéramos su destino. Los dos polizontes se miraban con pinta de culpables, como perros que hubiesen perdido un hueso.

—Si ya no lo necesitamos, podemos dejar que vuelva al hospital —sugerí.

—Él conoce el camino, señor cámara. De todas maneras, si realmente estuviese herido no habríamos podido arrastrarlo hasta aquí.

El tartamudo se marchó palpándose el vendaje que parecía el turbante de un auténtico morabito. Desde el otro lado de la calle, me espetó: «Volveveveremos a a vevernos».

—Tenía entendido que el comité militar había prohibido los ajustes de cuentas —manifesté a los dos policías.

—Ahora somos libres, señor cámara.

—¿Qué hacemos ahora? —preguntó el segundo.

—Podéis quedaros el poema de la vieja. Algún día tendrá valor.

—A nosotros no nos interesa la poesía. Además, esto está lleno de poetas.

Olvidaba que el PDG había hecho escuela. Como senghor, su enemigo jurado, rimaba los verbos, él había aprendido a combatirlo rimando adverbios. Volví a doblar la promesa de tesoro y me la eché al bolsillo.

–¡Os lo juro, tendríamos que haberla detenido!

–Si ni siquiera sabemos donde está enterrada –se lamentó el otro guripa.

¡Ha habido suerte, tita! Bajo el antiguo régimen, te habrían desenterrado para hacerte hablar.

–Si lo desea, señor cámara, podemos encargarnos nosotros de su secreto.

Sin saber muy bien por qué, aquel día decidí confiar en ellos. En cualquier caso, acepté su ofrecimiento. No podía volver a encontrarme con el gran michel y decirle: «Mi tía me ha legado un terreno baldío, unas cuantas dentaduras, una perra y un condón extraordinario». Mi colaborador no era interesado ni calculador, pero yo tenía la obligación de aportar savia nueva a nuestra pobre y pequeña compañía.

–Encontraremos el tesoro –me prometieron antes de irse.

Gracias a dios, no sabían dónde estaba la tumba de tita. «Tronco» siempre me había asegurado que eran capaces de todo. Mi corazón empezó otra vez a palpitar y retomé mis proyectos donde los había dejado. Añadí la construcción de un inmenso refectorio para todos los pobres y hasta la de un dormitorio insonorizado, porque soy muy sensible a los ronquidos del prójimo. Y tendrá una sirena, diez sirenas, cien sirenas, que pondré en hora para las seis de la mañana. No hay nada que justifique que el sol salga temprano y el kankanés se quede acostado.

Fue mori quien me convenció.

—Papá, ya va siendo hora de que nos vayamos; no me das dinero para comer y la población no nos quiere por culpa de los dos de la bofia que revientan los colchones en busca de nuestro tesoro. Pero yo estoy seguro de que no hay ningún tesoro.

Como Mori no era muy inteligente, yo respetaba su intuición.

—Vale, vamos a celebrarlo, hijo mío.

Por la noche fui al «te puedes traer a tu ligue», una de las dos salas de baile de la gran ciudad. La otra se llamaba «no dejes fuera a tu mujer». Cuando entré estaban bailando. Un antro ensordecedor con tales amplificadores que hacían que la techumbre se encogiera de hombros. Al punto el patrón me tomó del brazo. En cierto modo habíamos crecido juntos, y lo reconocí sobre todo por su paso ligeramente renqueante.

—Me alegro de volver a verte, mamy —me dijo a voces.

—Pues ya me tengo que volver, moussa, *chéri coco*.

—Te echaremos de menos.

Lo dijo de un modo tan encantador que le creí. Rodeamos al rebaño de bailarines empeñados en chocar unos con otros. En la orquesta sólo eran cinco tocando y cantando, pero como tenían que cubrir el traqueteo del viejo grupo electrógeno que alimentaba la sala, bregaban como mil demonios. Menos mal que su música los había ayudado, porque se habían inspirado en las palabras del PDG, que ahora habían sustituido por las del comité militar. «Chéri coco» me invitó a sentarme en un taburete bajo la maltrecha batería que el percusionista golpeaba con la cabeza y los puños gritando como un piel roja. Mi amigo se alejó y le vi hacerle señas al vocalista con el dedo para que viniera. Me volví hacia los que bailaban. No reconocí a nadie. Sin embargo, era allí donde yo había nacido, jugado y crecido. Ya empezaba otra vez a sentir lástima de mí mismo cuando el vocalista levantó los brazos en cruz. Los demás músicos pararon. Sólo siguió tocando el guitarrista, encorvado sobre su pedazo de madera con los ojos cerrados. Hacía más ruido él solo que los otros cuatro y el grupo electrógeno juntos. El vocalista acabó arrebatándole el rompetímpanos. Los bailarines protestaron.

–Un minuto de silencio –dijo el vocalista–. Mamy, acérquese.

Me acerqué.

–Miradle bien –prosiguió–. Parece insignificante, con su cabeza de gallito y su vientre de cabra estreñida, pero nuestro hermano no es un cualquiera. Lleva más de veinte años arrastrándose por el extranjero y todavía no ha muerto.

–¡Ya conocemos al viejo! –gritó un joven con silueta de biberón.

Lo tenía todo abultado, menos la cabeza.

Con todo, el presentador no parecía estar cachondeándose de mí. En la pista, el rebaño se había dividido en dos. Por un lado los gordos y gordas, y por el otro, los flacos y flacas. A pesar del estado de hambre endémica de la zona, los gordos y las gordas eran más numerosos. Misterios del subdesarrollo. Todos estaban visiblemente aburridos e impacientes por lanzarse de nuevo al barullo. Alcé la mano para reclamar silencio y me apoderé del micro. Al punto estallaron los abucheos.

–Soy kankanés, como vosotros –preludié.

Los abucheos subieron de tono. Las miradas que me echaban eran tan penetrantes como un láser. Cerré los ojos para protegerme y aspiré la última bocanada de oxígeno que quedaba.

–¿Habla de una vez o qué, viejo gilipollas? Ha hecho más daño a la ciudad desde que llegó que el PDG en veintiséis años. Ha quemado nuestros campos, destruido nuestras casas con la máquina de «tronco», enemistado a todo el mundo por un cordero, y su hijo nos ridiculiza ante nuestras chicas con ese *bangala* que le cuelga hasta los tobillos. Nos trajo una buena medicina, pero se acabó.

Todos vociferaban. Menos mal que en el estrepitoso antro no había nada para beber ni para sentarse.

–Me voy, pero...

Los flacos aplaudieron.

–Pero volveré con...

Los gordos y las gordas aplaudieron. Seguramente para acabar con la competencia.

–Con los medios para proveer de electricidad noche y día a toda la ciudad y de agua corriente a vuestros grifos.

–¡Embustero! ¡Embustero! –cantaron a coro los flacos, las flacas, los gordos y las gordas.

Tal vez tenían razón. En casi treinta años, el PDG, apoyado por el pueblo del cual era «encarnación», no había conseguido iluminar kankán, la segunda ciudad del país, más que con el claro de luna.

Gracias a dios, «*chéri coco*» acudió en mi ayuda. Conocía a su gente.

–Como todo el mundo está satisfecho de que nuestro querido y añorado hermano vuelva al lugar del que procede, le dedicamos esta pieza.

Los músicos volvieron a sus taburetes mientras el vocalista se arremangaba.

–Está buscando la inspiración –me aseguró «*chéri coco*»–. Pero no es fácil. Desde el cambio de régimen, tiene que improvisar continuamente.

Me compadecí de los sufrimientos del pobre infeliz. La vida es así; no es justa. Te pasas años aprendiendo a cantar las alabanzas de alguien y un buen día se larga sin avisarte. El guitarrista, por su parte, no se andaba con inspiraciones. Arrancó en cuanto recuperó el instrumento. El vocalista le siguió tras algunas vacilaciones y el batería aprovechó para darle una paliza al tam-tam. Era un viejo éxito de bembeya-jazz que databa de la moda «mientras tanto». ¡De eso hacía quince años! Hay que retroceder mucho para volver a empezar de cero. El vocalista canturreaba.

> *Mis camaradas tenían automoción*
> *Mis camaradas vivían en su mansión*
> *De mis camaradas era la población*
> *Menuda vida se daban mis camaradas*
> *Cuando en nuestro país faltaban brazos*
> *Cuando en nuestras casas faltaban techos*
> *Pero ahora un cambio veré*
> *Porque se ha muerto el PDG*

Todos se reunieron con sus parejas, cabeza con hombro, como los burros cuando aprieta el calor. Se olvidaron otra vez de mí. Los dejé a todos perdidos, desnudos y purificados por su música, su liberación, su inocencia. *«Chéri coco»* me esperaba en la puerta.

–No podemos despedirnos así –me dijo.

No le pregunté cómo debían despedirse dos kankaneses a los que separaban veinte años de exilio.

–Está lleno de chicas, mamy. Tienes que probar una. Nuestra revolución no sólo tenía cosas malas. Espérame un minuto.

Ya había desaparecido. Las malas lenguas decían que las purgaciones guineanas eran especialistas en devorar los cojones de los «verdugos-enemigos-del-pueblo-revolucionario» como yo. Y para colaborar con aquella milicia especial, las farmacias del pedegé no vendían antibióticos.

«Chéri coco» volvió con una chica.

–Eliza, es un hermano que se marcha mañana. Que pase una noche agradable. No le defraudes, ¿vale?

–Mamy, hay una habitación detrás de la sala. Si tienes prisa...

Miré a la chica para ver si se sentía violenta.

–¿Qué, señor? ¿Vamos allá? –dijo.

Se sentía comodísima. Había olvidado que en la educación guineana del PDG se practicaba mucho la educación sexual en los campos. Según taram, a fuerza de revolcarse unos sobre otros ya no crecía ni la hierba, y por eso se importaba arroz.

–No te preocupes de los contagios, hermano. Eliza es estudiante de medicina.

Como si los médicos no se contagiaran. De todas formas, ante tanta amabilidad, cedí.

—Si le apetece, puedo llevarla primero a algún sitio —sugerí.

Me siguió un rato y se agachó junto a un charco para quitarse los zapatos.

—Si no me los voy a ensuciar, señor.

—Tiene usted razón, eliza. No comprendo cómo hay quien dice que lleva zapatos, cuando son ellos los que nos llevan a nosotros.

Sonrió, mejor dicho, adiviné que sonreía, porque no nos veíamos ni la punta de los dedos. Sí, hacía bien en cuidar sus pobres botines. Había oído hablar de guineanas jóvenes y guapas que iban a menudo a dakar, abdiján o bamako a prostituirse por menos de eso.

—Vuestra revolución ha hecho mucho daño, eliza.

No dijo nada. Buena señal. No hace mucho, habría apelado a la población para que me linchase. Me acerqué a ella y la cogí de la mano. Si yo hubiera sido más fuerte y ella más pequeña, la habría llevado en brazos para saltar por encima de los miles de agujeritos que daban a la ciudad el aspecto de un trozo de gruyere.

—¿Damos un paseo por el puente?

Se paró. Despuntaba la luna. La miré. Era preciosa. Todavía era una niña. Entonces añadí apresurado: «Yo también estudié algo de medicina, fue en parís».

—¿Ha estado en parís?

—Si «la estrella de parís» estuviera aquí, te lo confirmaría. Además, vivía en mi casa.

Se aferró resueltamente a mi brazo. Le pasé el brazo por el hombro. Me reprochaba mi estado de ánimo; sentía la necesidad de estar triste porque me iba. Kankán me había visto regresar, indiferente tal vez porque me había esperado demasiado tiempo, pero acababa de rechazarme a mí y a mis torpes buenas intenciones. Y me iba, con el corazón vacío y los ojos resecos, incapaz de plantar una semilla de amor. Abandonaba mi ciudad natal como el PDG, que no había vuelto a pasar una noche con ella desde que descubrió que kankán, encantadora novia de paso, sólo vivía para los reencuentros. Siempre habían desconfiado un poco el uno del otro, consciente la primera de su fértil pasado de cierva, y demasiado empeñado el segundo en su gravosa predestinación de elefante.

Mientras paseábamos, iba pensando en todo eso sin poder formularlo claramente, pero sentía que la historia de guinea sería siempre la de un hombre con kankán.

—¿De verdad es usted de kankán?

Estábamos acodados en el puente, el único viejo puente de más de treinta años. Menos mal que los blancos nos lo dejaron antes de que el PDG nos declarase la guerra como «sepultureros de la economía».

—Sí, eliza. Pero tú todavía no habías nacido cuando me fui.

—Nadie lo diría. No parece tan viejo.

Me pasé rápidamente la mano por el mechoncillo que me había dejado el carnicero. El milo seguía su curso, henchido y parsimonioso, con láminas de plata y unos puntitos oscuros alineados en una de las orillas. Le pregunté qué eran.

—Pescadores.

No había visto un solo pez desde que llegué.

—Nuestros pescadores son los más pacientes del mundo. Y también los más hábiles. Seguramente son los únicos capaces de atrapar un pez más pequeño que el anzuelo. Un día embarrancó cerca de aquí el cuerpo de un hipopótamo. Había que vernos.

Ya me lo imaginaba. Los peces «reaccionarios» atravesando

kankán a la velocidad de la luz para ir a exiliarse al país vecino y, en aquel día de festín, hombres, mujeres y niños surgiendo de las casas con un terrible estrépito de viejas cacerolas y cuchillos oxidados.

–No pudimos movernos en un par de días de la diarrea.

Se echó a reír. La tomé de la mano y esta vez nuestros dedos se entrelazaron. Me ofrecí para llevarle los zapatos y, al ver que dudaba, le prometí varias docenas de pares. Tuve que jurarlo. Luego la llevé a casa. Llamé a mori, pero nadie me respondió, o dormía o estaba aterrorizando a las mujeres con el condón de «la estrella de parís». Para estar más tranquilos, la invité a pasar a la habitación de tita. Encendí un cigarrillo para alumbrar un poco la habitación, pero sobre todo para aparentar aplomo.

–¿A qué espera?

Acababa de echarse en la cama completamente desnuda. Me caí al quitarme los pantalones. Iba a reunirme con ella cuando llamaron a la puerta. Era taram.

–Dispénsame, hermanito, pasaba por aquí. ¿No te molesto, verdad? Quería despedirme de ti.

Las noticias se propagaban rápidamente a través de radio kankán. Le invité a sentarse y volví a la habitación.

–Me parece que esta noche te vas a quedar con las ganas –me dijo eliza riendo mientras yo buscaba la camisa en la oscuridad.

–No tienes corazón, hija mía –le repliqué.

–Hermanito, quería encargarte unos zapatos –soltó taram en cuanto volví con él–. Del cuarenta y ocho; no, mejor del cincuenta.

Evidentemente, tras los veintiséis años de desfiles y los largos reposos en camp boiro para aprender el baile eléctrico, a sus pies no les quedó más remedio que hacerse revolucionarios.

–¿Y nada más?

–Primero préstame un cigarrillo, hermanito, te lo devolveré. Oye, sé que puedo confiar en ti. Arrímate un poco.

Me arrimé un poco bostezando.

–Tienes que traerme la magia –me cuchicheó–, la verdadera magia para hacerse invisible. En serio, hermanito. Los zapatos puedes olvidarlos, pero la magia, no.

No salía de mi asombro. Y pensar que a dos pasos de allí me estaba esperando una preciosa muchacha en cueros. Pero no podía moverme. Me había trincado la oreja derecha amenazando con arrancármela y me soplaba dentro como si quisiera limpiarla.

–La magia existe, hermanito; si no, tú no serías rico. Pero para mí el dinero no es lo que cuenta; yo quiero ser como el PDG. Nunca se podía hacer nada contra él porque estaba en todos los rincones de las casas, bajo las mantas, en los árboles, en el bolsillo de tu hermano, en el humo de tu cigarrillo y hasta en tus sueños. Te lo juro, hermanito, el PDG tenía la magia de la invisibilidad. Un día, incluso hizo desaparecer su palacio cuando los del veintidós de noviembre pretendían asaltarlo.

–Si tuvieras la bondad de soltar mi oreja.

–¿Es que no entiendes nada, hermanito? Lo que te cuento es verdad. Otro día, el PDG estaba en alemania, si no recuerdo mal. Intuyó un peligro: querían matarle. Entonces le dijo a béa, su porta-hervidora: «Agárrate fuerte a mi bubú y cierra los ojos». Cuando béa los abrió de nuevo, estaban en conakry.

Pobre áfrica mistificada. Yo no ignoraba que nuestro supermán, insensible a la fatiga, el sueño y el desaliento, debía la vida a que «la confianza no excluye la vigilancia». Tan capaz de derribar a un asesino con una llave de yudo como de dar clases de fútbol, fascinaba a las señoras, daba lecciones a los maridos y educaba a sus hijos. Pero...

–Y eso no es todo, hermanito. Dijo que cuando muriera nadie vería su cadáver y se volvió invisible.

Empezaba a destrozarme literalmente la oreja. En cuanto logré que la soltase, le prometí lo imposible: su magia y unos zapatos del 48. Se marchó bendiciéndome.

Eliza roncaba dulcemente. Acaricié su carita de niña y se volvió hacia la pared ronroneando. Me recosté en la cama para repasar mi BAM; pero no dejaba de pensar en el alma eterna de guinea, partida entre la ingenuidad y la inocencia.

No había amanecido del todo cuando mamadi-delco aparcó su precioso coche de pompas fúnebres al borde de la carretera, delante mismo de la casa. Yo estaba sentado en la escalera con eliza, ella daba cabezadas y yo le prometía el mundo entero.

–Hermano, estaba pensando que necesitarías un buen coche para llegar sin problemas a conakry. En este momento mi coche está libre, ya casi no hay entierros.

–Es verdad, ha cambiado el régimen.

–Ten cuidado, hermano. Hablas demasiado y el antiguo régimen todavía no ha dejado el poder.

–Echadlos. Los conocéis a todos.

–Hermano, nosotros apoyamos al más fuerte. Dejemos las cosas de la política. ¿Qué, te interesa?

Sí, me interesaba y nos pusimos de acuerdo. Sería uno de los primeros viajeros que atravesaba guinea con vida en un coche de pompas fúnebres.

–¿Seguro que volverá? –dijo eliza.

La luna se ocultaba por el oeste y el cielo se iluminaba.

No tenía ni la menor idea. Oía roncar a mori. Me levanté y fui a despertarlo.

–Prepara el equipaje. Y sobre todo no te olvides del condón, las dentaduras y mi cepillo de dientes.

A continuación, fui en busca de faya para desayunar. Al resplandor del amanecer, me lo encontré agazapado delante de un agujero en una esquina de la parte trasera de la casa. Cuando me acerqué, hizo ¡chis! ¡chis! Algo se movía en el agujero. Tras alguna indecisión, metió de golpe un brazo. La cosa tiró de él, y él cayó de bruces y su antebrazo desapareció. Me agaché en seguida para sujetarle los pies y me puse a tirar yo también. Faya empezó a estirarse como una goma. Otro gran hombre que no se conocía a sí mismo. Pedí auxilio a mori. Me agarró por la cintura y tiramos los dos. Faya seguía estirándose, pero se negaba a soltar la presa.

–Es la última rata, patrón, hace dos años que la acecho.

Confié sus pies a mi hijo y corrí a buscar un pico. Tenía la impresión de que era mi día de suerte. Ese tipo de rata grande de ciudad roba todo lo que no habla, y a veces descubrir su escondrijo equivale a descubrir una cueva de alí babá. En la habitación sólo encontré un martillo. Cuando volví, el pobre faya era más largo que abdú diuf.[19] Di un martillazo en la entrada del agujero y unos cuantos más por todo el edificio. Sonaba a hueco, y eso me dio aliento. Eliza se había reunido con nosotros.

–¡Cuidado! –nos alertó.

La rata soltó a faya que se quedó en los brazos de mi hijo. El muro empezó a inclinarse. Desde la calle asistimos al derrumbamiento de la casa de tita, mi última herencia.

–Las dentaduras y el condón se han quedado dentro –dijo mori.

–No importa. Construiremos una preciosa mansión en su lugar. Todo kankán debe ser reconstruido.

Tenía la gravedad y la determinación de un político en campaña electoral cuando no representa a un partido único. Llegaba mamadi-delco.

–¿Dónde está el equipaje?

Miré a faya. Había recuperado su estatura normal.

–Patrón, no tardes mucho en volver. Estoy enfermo.

En aquel momento, supe que volvería, que tenía que volver. Tomé de la mano a eliza.

–No tenemos equipaje, mamadi–delco.

–Patrón, ¿os podemos acompañar hasta las afueras de la ciudad?

Mori y él montaron atrás, en la plaza del muerto; eliza y yo al lado del conductor, en la plaza del otro muerto.

–Espero encontrar pasajeros en conakry para la vuelta –dijo mamadi-delco al arrancar.

–¿Volverá? –me preguntó eliza.

–Cuanto antes –le prometí–. Ahora guinea es de todos los guineanos.

Se estrechó contra mí. Dejé las grandes declaraciones para contemplar, como ella, nuestra ciudad que dormía. ¿Qué había sido de los compañeros de la infancia, de los buenos tiempos, de nuestra afición a los amaneceres, nuestra tendencia a la crítica y nuestro entusiasmo al reencontrarnos? Quién sabía si regresaría. Ni siquiera me interesaba el pasado, ni el futuro, sino el presente, demasiado débil todavía para despertar a mi país. Divisé a los dos policías en un cruce. Mamadi-delco empezó a reducir la velocidad.

–Sabíamos que un día u otro pasaría por aquí, señor cámara. Todos los que quieren ir a conakry pasan por aquí.

Bien pensado. Pero me pregunté por qué no habían ido a verme a casa.

–Hemos descubierto algo –prosiguieron–. Le hemos retorcido un poquitín el pescuezo a la vieja oumou, y mire lo que la tía de usted le había confiado.

Cogí el paquete. Era pesado. Sin demasiada convicción, mi corazón empezó a palpitar. Deshice la envoltura temblando. Era un libro: *El imperialismo y su quinta columna. Libro blanco.* Mi gozo en un pozo. Pero aun así me puse a hojear el ladrillo.

Me llamo general keïta noumandian y confieso... Y pido perdón. Me llamo monseñor tchidimbo... Y pido perdón. Me llamo zoumanigui kékoura, émile condé, diop alassane, sagno mamadi, baldé oumar, doctor diallo abdoulaya, fofana sékou, procurador jacques, thiam abdoulaye, coronel diallo mamadou... Confieso. Confieso. Confieso... Soy padre de cinco hijos, de seis hijos, de nueve hijos, de dieciséis hijos... Pido perdón. Perdón. Perdón... Soy recuperable. Recuperable. Recuperable...

–¿Pasa algo, papá? –preguntó mori a mi espalda.

Le alargué el libro.

–¿Satisfecho, señor cámara?

No lo sabía. ¿Qué significaba aquel último guiño de tita? ¿Acaso era ése el tesoro con el que había soñado, esos centenares de páginas de humillación, alaridos de torturados y muertos?

–¿Qué queréis que os traiga de regalo?

–Yo quiero un coche de pompas fúnebres como el de mama-di-delco –dijo el segundo guripa–. Ahora un comisario se ha convertido en un cualquiera. Me dedicaré al transporte.

–Yo también, si no me llamarán gilipollas –dijo el otro–. La contabilidad ya no da para vivir. Las cajas están vacías.

Les prometí dos soberbios coches y nos dejaron seguir.

–Creo que es mejor que se bajen aquí –sugirió mamadi-delco a nuestros amigos.

Atravesamos guinea desde kankán a conakry sin problemas. ¡Eliza! Pensé un rato en ella durante la primera mitad del viaje. Ella estaba dentro de mí, y yo dentro de ella. Ella me esperaba, yo era su otra mitad. Ella me cuidaba, yo la curaba. Ella me entregaba su juventud, yo le abría mi pasado. Desde nuestra isla nos reíamos de todo. Los demás nadaban entre tiburones para llegar hasta nosotros y les gritábamos: «¡Uníos y vended cara la piel!».

Había muchos peces, pero los reconocía a casi todos gracias a los nombres que había leído furtivamente en el *libro blanco*. Los bama marcel, mato bangoura, kassory, portos, kleit mohamed, barry sory, comandante mara kalil, william gémayel, maurice péquinot, mbaye cheick omar, aribot, y tantas otras cabezas tragadas y devueltas por las olas entre horribles tiburones de orejas de elefante.

Mamadi-delco nos dejó en casa de laye después de pagarle y prometerle todo tipo de delcos. Me sorprendió encontrar levantados tan temprano a todos los de la casa. Sólo eran las ocho y media.

—Hoy es domingo, no se trabaja —me explicó laye.

Bienaventurado país en el que todos los demás días son fiestas de guardar. Los niños me preguntaron por mi «gran avión car-

211

gado de regalos». Mori ya había conseguido encontrar un pedazo de pan.

—Bueno, ¿qué tal por kankán?

—Muy bien, primo.

Y les describí el entusiástico recibimiento de los kankaneses.

—Toda la ciudad estaba en fiestas a pesar de lo temprano de la hora, y nuestra partida por poco acaba en motín. Tuve que prometer zapatos, delcos, magia, medicinas y pastas dentífricas. ¡De todo, vaya! ¿Verdad, mori?

Por la mirada que le eché, comprendió que podía ser un sí, o una patada en el culo.

—Es verdad, hemos prometido hasta condones.

Y su boca se cerró de nuevo en torno al pedazo de pan con chasquidos maxilares de caimán hambriento.

—¿Vas a desayunar, primo?

No, no tenía tiempo. Me consumía de impaciencia por ver de nuevo a mi béa, mi gorda béa, la especialista en inventos.

Prometimos volver pronto. Pero no llegamos al hotel de mi inventora hasta la tarde. Ni un solo taxi; dieciocho kilómetros a pie. Por suerte había más bares que gasolineras. Necesitábamos carburante para nuestras frágiles maquinarias humanas.

¡Qué bonito era el hotel de mi béa! Flores envueltas en pulcritud y silencio. Nadie lo habría imaginado en conakry. Dejé a mi primo a la entrada: empezaba a balbucir y tenía ganas de vomitar. Me dirigí con autoridad hacia la recepción.

—Quiero ver a béa —comencé.

—Si se refiere al ex primer ministro, está muerto.

—Mi béa es una mujer.

–Ya caigo. La ingeniero de inventos.

–Se debería decir ingeniosa. Hay que liberar la lengua.

–En mi casa, siempre hemos soltado la lengua –me atajó–. Y qué más da riel que raíl, con tal que pase el tren por la vía... Apuesto a que es usted un guineano del exterior. Ya estáis empezando a jorobarnos.

En aquel preciso instante, béa salía de un ascensor, acompañada por jacky. Dejé al guineano del interior y fui a su encuentro. Nos abrazamos.

–Veo que ya os conocéis –dijo béa.

–Desde luego. Es el ex *diallo* de un amigo.

–¿Quieres otro soplamocos, jacky?

–No podrías, con lo borracho que estás, hermano negro me respondió, gozando de antemano de la torta prometida.

Béatrice miraba a uno y otro alternativamente. Sin duda se preguntaba si estábamos bromeando o no.

–¿Puedo invitarte a una copa, mamy?

–Más bien tendría que invitarte yo. No olvides que estás en mi casa.

Béatrice se excusó. Tenía que volver a subir a la habitación para tratar de telefonear de nuevo a su hija.

–¡Pobrecilla! –dijo jacky–. Se la están dando desde que llegó. O tratan de tirársela o le hacen pagar caras las citas con gente importante. Cuando has llegado, estaba a punto de contarle que desde la muerte del PDG, aquí todo el mundo se ha vuelto importante. Los guineanos que vuelven, llegan haciendo el gesto de la victoria, pero si hemos de creer a los que hicieron su agosto con el antiguo régimen, vuestro tirano ha muerto gracias a ellos. Son todos unos ceros a la izquierda dándoselas de héroes. Pobres africanos. Sois todos unos *céroes*, un cruce de ceros y héroes.

Apreciaba a jacky, pero ya me salía fuego de las orejas.

–Déjate de gilipolleces y ocúpate de tus asuntos. Ni siquiera eres guineano.

–Ése es el lenguaje de todos los fantoches que os manipulan. No quieren que nadie mire dentro de la olla podrida donde van cociendo a fuego lento a sus oponentes. Hace algunos años, la OMS detectó aquí varios casos de cólera. Vuestro PDG, el ex funcionario de correos, declaró entonces que se trataba de una nueva conspiración imperialista para socavar la moral del pueblo. Se decretó que el cólera no existía. Como estaba prohibido pronunciar «cólera», decían: «Fulano se ha muerto de "solera"». Magnífico pueblo el que aplaude las órdenes de sus jefecillos «torna-solados» antes de lanzarles la piedra.

Él hablaba y hablaba, jugando incluso con las palabras, y a mí me dolía cada vez más la cabeza por culpa de la fatiga, del estómago vacío, de la lluvia y del cielo encapotado. A la primera oportunidad, lo interrumpí.

–No estoy solo, jacky. Mi primo me está esperando fuera.

Me acompañó. Mi primo apenas se tenía en pie. Lo llevamos a rastras y lo recostamos en un mango. Escogió por sí mismo la mejor posición, allí donde una gota de lluvia le hacía toc-toc en la nariz. Parece ser que eso es una tortura en china, pero a nosotros, en guinea, no nos asusta lo que duele en otros lugares.

–¿Volvemos? –preguntó jacky.

–No me abandonéis, mamy. No estoy borracho. Además, tú has bebido más que yo.

Será envidioso. No tenía más que intentar andar como yo, pero seguía sentado.

–¿Lo dejamos? –dijo jacky.

–Lo dejamos. Encima es diabético. No aguantará –le aseguré.

–¡Sucio lacayo del imperialismo! Seku tenía razón. Los guineanos del exterior sólo queréis la compañía de los blancos.

No escuché lo demás. Pero jacky había comprendido.

–Vamos, hermano. El sucio blanco colonialista va a invitarte a una copa. Os creéis independientes, pero en mi hotel no aceptan vuestra moneda. Os creéis libres, pero vuestros verdugos se pasean por todas partes. Os creéis decentes y no os atrevéis a juzgar a los ladrones. Vuestros dirigentes no saben más que hablar.

De pronto me harté y volví a buscar a mi querido primo. Pensé en el «gran avión» que había prometido a sus hijos, en mi país que esperaba otros grandes aviones y en el gran michel que sabía que la mejor forma de vivir es volver a empezar de cero.

–Haz un esfuerzo, primo –empecé.

Le ayudé a levantarse. Acabamos encontrando un cobertizo para resguardarnos de la lluvia.

–Pensábamos irnos mañana –le anuncié.

No respondió. Ni siquiera me preguntó si volvería. Le observé. Estaba de espaldas contra la pared, con los ojos cerrados y respirando trabajosamente. ¿Me habría oído, al menos? Le toqué la frente.

–No es nada –dijo–. Debo de tener un principio de paludismo. Y no puedo digerir los insultos de tu blanco.

–¿Y qué tiene eso de malo?

–La verdad es que el PDG hizo algunas cosas buenas.

Empezó a enumerar sus cualidades. Todas en grado superlativo. Pero por cada motivo para quererlo, yo recordaba a dos guineanos muertos inútilmente. Encendí un cigarrillo y contemplé cómo la lluvia limpiaba mi país. Buena falta le hacía.

Notas

1. Patronímico peule, literalmente «vendedor de carbón vegetal».

2. Presidente de Guinea-Conakry desde la independencia en 1958 hasta su muerte en marzo de 1984.

3. Término procedente del árabe que designa a los blancos, especialmente a los europeos.

4. Fulbé o fulani, etnia de pastores extendida por toda el África Occidental.

5. El autor hace un juego de palabras con *vers*, que significa «hacia» y también «gusano», aludiendo a la indeterminación de la fecha de nacimiento de muchos africanos por no quedar consignada en ningún registro, lo que asimilaba ese nacimiento al de los «gusanos».

6. Fruto de dos variedades de árboles, *Cola vera* y *Cola acuminata*, que se consume por sus propiedades estimulantes. Obsequio ritual en las relaciones sociales tradicionales.

7. Lenguas autóctonas de África Occidental y Central.

8. Países menos avanzados.

9. Senghor: presidente de Senegal hasta 1981; Huphuet-Boigny, de Costa de Marfil hasta su muerte en 1993.

10. Planta (*Combretum micranthum*) con cuyas hojas se preparan infusiones y decocciones.

11. Frutos del baobab, gran árbol de la sabana africana.

12. El *biguine* es un baile de origen antillano.

13. Talismán, por lo general una bolsita de cuero que contiene algún objeto mágico o un versículo del Corán.

14. Homenaje a dos personajes principales de los *Cuentos de Amadú Kumba*, de Birago Diop.

15. Jóvenes incircuncisos.

16. *Pagar con dinero de mono* significa pagar a alguien con falsas promesas.

17. Uagadugu, la capital de Burkina Faso.

18. Mujer que ha cumplido con la peregrinación a La Meca.

19. Presidente de Senegal desde 1981 hasta marzo de 2000, notorio por su estatura de 2,06 metros.

Otros títulos de Barataria

Colección Inferno

Olla de curas	José Antonio Bravo
Los dijes indiscretos	Denis Diderot
Escuela de doncellas	Anónimo
Siemprejuntos	José Luis Martínez ibáñez
Retablo de jácaras y farsas	Álvaro Lago

Colección Bárbaros

La ruta de los infieles	Ali Erfan
Formas de morir	Zakes Mda
Las indias accidentales	Robert Finley
Eros en un tren chino	René Depestre
Olvidados	Walter Hasenclever
Pollo a la mantequilla	Pankaj Mishra
Un viaje interminable	Abdullah Hussein
Expulsadas del paraíso	Ali Erfan
La sangre corre como un río por mis sueños	Nasdijj
Mariposas en el cuarto oscuro	Miquel Silvestre
Nadie dura siempre	Ana Manrique
Recordando a O'Dwyer	C. K. Stead
Un poco mas de azul	Manuel Reguera Saumell
Perejil	René Philoctète
Dinamo estrellada	Miquel Silvestre
Manolo, ¿recuerdas?	Manuel Altés

C. K. Stead
Recordando a O'Dwyer

Traducción de **José Antonio Bravo**
colección **Bárbaros**
302 páginas

Mike Newall, maduro profesor en Oxford, filósofo, especialista en Wittgenstein y divorciado trata de rehacer su vida. Cuando fallece su colega y compatriota neozelandés Donovan O'Dwyer, leyenda viviente de las tabernas que frecuentan los universitarios, Mike asiste al funeral. Después de la ceremonia revela a su viejo amigo el jurista Bertie Winterstoke un secreto que O'Dwyer se llevó a la tumba: durante la segunda guerra mundial, cuando los paracaidistas alemanes cayeron sobre Creta y echaron a los británicos, O'Dywer era oficial del contingente maori, y uno de los soldados a su mando murió en estremecedoras circunstancias. Winterstoke exige a Mike que se lo cuente todo, pero la vida de O'Dwyer está extrañamente entretejida con la suya.

A través de una serie de hilos argumentales enlazados y bellamente narrados, se establece una reflexión sobre la memoria y sus lagunas, el lenguaje y sus limitaciones. Hasta que Mike Newall descubre la manera de hacer que descansen los fantasmas de O'Dwyer... y los suyos propios.

Christian Karlson Stead nació en Nueva Zelanda en 1932. Ha ganado dos veces el Premio del Libro de Nueva Zelanda con *All Visitors Ashore* (1984) y *The Singing Whakapapa* (1994). *Recordando a O'Dwyer* quedó finalista en el 2000 Montana New Zealand Book Awards y mereció la siguiente crítica de John de Falbe en *The Spectator*: «Me parece incontestable que C. K. Stead figura entre los mejores novelistas contemporáneos».

Miquel Silvestre
Dinamo estrellada

colección **Bárbaros**

174 páginas

Del autor de estos relatos se puede decir que es un hipster genuino. Los hipsters, precursores de la generación beat, eran gamberros sin oficio ni beneficio, músicos de jazz con la trompeta empeñada, poetas sin lectores y locos de atar, alejados de las celdillas de la colmena urbana y del contrato social.

Toda la escritura de Miquel Silvestre, animada de un sólido humor negro, una prosa certera y unos desenlaces musculosos, retrata con fidelidad su cabal y exacto conocimiento de ese sinsentido, pero sin que ello suponga un salvoconducto para la apatía o la parálisis. Sí, tal vez, para un nihilismo misántropo e irónico.

En la presente selección de relatos se hace aún más nítido ese pensamiento artístico, imbuido de un cinismo redentor que sin embargo cobija una sensibilidad sincera, poética pero alérgica a la afectación.

Conforman este libro breves piezas desesperadas por entre las cuales se agitan unos personajes hilarantes y emotivos, que se apresuran a escapar de sí mismos.

José Antonio Miquel Silvestre (Denia, 1968), licenciado en Derecho, registrador de la propiedad, pero sobre todo de realidades imposibles y de ficciones probables, outsider vocacional de todo círculo literario y de toda escuela ideológica, ha logrado, a pesar de ello, publicar dos novelas (*La dama ciega*, Ediciones Kékeres) y *Mariposas en el cuarto oscuro* (2003, Ediciones Barataria).

Manuel Altés
Manolo, ¿recuerdas?

colección **Bárbaros**

382 páginas

Manolo, ¿recuerdas?

Manuel Altés

La peripecia de una familia barcelonesa de clase trabajadora, partiendo de la Exposición Universal de 1929 hasta la gran nevada en la Nochebuena de 1962.

No hace falta más para devolvenos toda la memoria del pasado, ahora que una pléyade de plumíferos bienpensantes quiere convencernos de que la guerra fue una necesaria acción profiláctica destinada a situar a España en el mapa de Europa, y de que Franco fue a) el cirujano de hierro reclamado por Joaquín Costa y demás regeneracionistas; b) un dictador patriarcal y benévolo que se encargó de realizar la revolución burguesa siempre aplazada, y de industrializar el país.

Al mismo tiempo nos devuelve toda una cultura obrera, la de las veladas de boxeo, las sociedades colombófilas, el vermut de los domingos, los partidos de fútbol, las corridas de toros, las revistas libertarias-nudistas-esperantistas... Aquello que el viento se llevó, el vendaval de la guerra, la miseria y luego la alienación del electrodoméstico. En lo que fue la habitación de un xava de la calle Cruz Cubierta, tal vez el amarillento retrato de Baudelaire nos contempla severamente desde la pared.

Nació en 1927 en el barcelonés barrio de Hostafrancs, a la vera del matadero, donde conviven payos y gitanos catalanes. En 1947 se complicó la vida como militante comunista coordinando células obreras. Estuvo treinta y dos meses en la cárcel Modelo. Compaginó la resolución de siniestros con la confección de guiones en casi todos los géneros del cómic, en radio y televisión.